좋은 글은 어떻게 탄생하는가

당신도
뛰어난 작가가
될 수 있다

좋은 글은
어떻게 탄생하는가

쇼펜하우어 지음, 이병훈 편역

굿모닝미디어

2장   글쓰기와 문체

3장 〰〰〰〰〰〰〰〰〰 독서와 책에 대하여

4장 〰〰〰〰〰〰〰〰〰〰 비유와 우화

7장   흥미와 예술미의 관계

작가가 스스로 사고하여 자신의 머릿속에서 글의 소재를 직접 끌어내 쓴 글만이 읽을 만한 가치가 있다. 그런데 이 책 저 책에서 가져온 남의 생각을 글의 소재로 삼은 작품들이 부지지수이다. 그러다 보니 탁월한 작품과 평범한 작품 간에 분명한 차이가 있다.

탁월한 작품에는 저자만의 고유한 사고로 정리된 독자적 정신세계가 있다. 이때 작품은 그의 인생을 대신하며 작가 정신의 진수를 드러낸다. 그런 작가는 현실 세계에 존재하는 구체적인 것들을 언제나 진지하게 묻고 또 사색한다. 그런 작품은 자신만의 형식을 갖추고, 진실한 언어로 우리의 정신을 북돋우며 즐겁게 하고, 교양을 선사한다.

반면에 평범한 작품은 자신만의 형식과 지식의 체계가 엉성한 경우다. 자기만의 생각이 부족하기에 남의 표현을 그냥 가져다 쓰는 데에 익숙하다. 그러다 보면 한껏 멋 부리는 표현과 상투어가 남발되고, 문체에는 독자적 특징이 없게 된다. '문체가 정신의 얼굴'이라면 평범한 작품의 문체는 정신의 외관을 치장한 것에 불과하다. 그 결과, 그런 작품은 지루하게 느껴질 수밖에 없고, 독자의 귀중한 시간을 낭비하게 만든다.

좋은 작가는 자신을 있는 모습 그대로 소박하게 보여주는 사람이다. 그런 소박함이 자연스럽게 문체로 드러날 때 정직한 글이 나온다. 이런 작가는 자신만의 생각을 누구나 이해할 수 있게 작품에 담는다.

탁월한 작품은 전달하려는 주제가 명확해 저자만의 고유

한 사고방식이 정확히 그대로 드러나는데, 그것이 바로 문체다. 문체는 저자만의 고유한 생각을 드러내고 결정짓는다. 그러므로 내용이 장황하지도 않고 독자를 혼란스럽게 하지도 않는다. 그래서 모든 뛰어난 작품은 간결함과 단순함을 특징적으로 보여준다.

쇼펜하우어는 세 부류의 저자가 있다고 말한다. "첫 번째 유형은 스스로 사고하지 않고 글을 쓴다. 그들은 기억과 추억을 바탕으로 글을 쓰거나, 남의 책을 직접 인용해서 글을 쓰기도 한다. 이런 부류의 사람이 가장 많다. 두 번째 유형은 글을 쓰면서 생각하는 사람들이다. 그들은 쓰기 위해서 생각한다. 그들 또한 무척 많다. 세 번째 유형은 충분히 생각하고 나서 집필에 들어가는 사람들이다. 그들은 충분히 생각했기 때문에 글을 쓴다. 그런데 그런 사람은 드물다." 여기서 독자 자신도 어느 부류에 속하는지 자문해보면 유용할 듯하다.

자신의 숨겨진 재능을 발굴해 작가의 길을 가고 싶은 사람들, 글쓰기 공부에 진심인 사람들이 많다는 것은 출판계의 한 사람으로서 매우 반가운 일이 아닐 수 없다.

이 책은 저작물로 인정받을 만한 '좋은 글은 어떻게 탄생하는가'에 대한 답을 쇼펜하우어에게서 찾은 것이다. 그가 200년 전에 주장한 작가 정신과 정직한 글쓰기의 태도는 오늘도 여전히 묵직하게 다가온다.

이 책은 쇼펜하우어의 저작물에서 '독서와 책', '스스로 사고하기', '저술과 문체', '비유와 우화', '문예에 대하여' 등의 부분을 발췌해 옮긴 것임을 밝혀 둔다.

1장

더 깊이 있는 문장을 위해

1

깊이 넓게 사고하기

아무리 많은 장서를 갖춘 도서관이라도 잘 정리돼 있지 않으면 책의 쓸모를 기대하기 어렵다. 이와 반대로 책의 수가 적은 도서관이라 해도 장서 정리가 꼼꼼하게 돼 있으면 책의 효용이 크다. 지식도 그와 마찬가지다. 아무리 지식이 많더라도 스스로 사유하여 자신만의 생각으로 철저히 갈고 닦아 정리된 지식이 아니라면 가치가 떨어진다. 지식은 총량이 중요하지 않다. 지식이 많지 않더라도 여러 갈래로 곰곰이 깊이 넓게 생각해 정리된 지식이라면 가치가 높다.

자신이 알고만 있는 지식이라면 자신의 지식을 여러모로

잘 정리하는 일이 먼저다. 그러고 나서 그 지식을 여러 방면으로 조합하고 다른 지식 및 진리와도 비교하여 완전히 자기 것으로 해야만 그 지식을 자기 마음대로 능숙하게 쓸 수 있다. 스스로 치열하게 사색해서 알아야 더 깊게 생각할 수 있다. 물론 제대로 알려면 흡족하게 배워야 한다. 배움을 통해 알게 된 지식 중에서도 우리는 깊고 넓게 생각한 것만 정말로 안다고 말할 수 있기 때문이다.

누구나 자기 의지대로 독서와 배움에 힘쓸 수 있지만, 깊은 사색은 뜻대로 되지 않는다. 불이 활활 타오르려면 바람을 불어 넣어줘야 하듯 사고 능력도 부추겨 주어야 한다. 사고할 대상에 관심을 일으켜 그 관심을 지속해서 유지해 주어야 한다. 관심은 객관적인 것일 수도 있고, 주관적인 것일 수도 있다. 주관적 관심은 개인적인 문제에 그치지만 객관적 관심은 사고하는 능력을 지닌 사람에게서 일어난다. 이런 사람에게는 사색을 거듭하는 일이 숨쉬는 것만큼이나 자연스러운 일이다. 그러므로 지식은 다양한 시각에서 철저히 다듬어 완전히 자기 것으로 만들어야 온전히 가치가 있다.

2

혼자만의 사색 즐기기

스스로 사고하기가 정신에 미치는 영향과 독서가 정신에 미치는 영향 사이에는 매우 큰 차이가 있다. 사람마다 두뇌에도 차이가 있기 마련이다. 어떤 사람은 혼자만의 사유에, 어떤 사람은 주로 독서에 끌리는 경향이 있는데, 그 차이로 인해 각각의 방식이 정신에 미치는 영향은 끊임없이 커진다.

다시 말해 독서는 자신의 정신적 방향이나 기분과는 전혀 다른 이질적인 사고를 마치 도장 찍듯이 정신에 강요한다. 이때 읽는 이의 정신은 자신의 기분이나 내면의 자발적 충동과는 별개로 이것저것을 생각하도록 심하게 강요당한다. 그러나 혼자만의 사색을 즐기는 사람은 잠시나마 어떤 외부 환경이나 기억에 흔들릴지언정 자신의 의지에 따라 정신 활동을 이어간다.

따라서 용수철에 무거운 것을 오래 놓아두면 탄력성을 잃듯이, 홀로 깊은 사색을 하지 않고 다독에만 빠지면 정신의 탄력성을 몽땅 잃게 된다. 그러므로 아무 책이나 덥석 쥐어 책 읽기에만 빠지면 자신만의 고유한 사고를 못 하게 된다. 학식을 쌓을수록 원래의 자신보다 어리석고 단조로워져, 그런 사람이 쓴 책이 실패하는 것은 그러한 독서 습관 때문이다. 글을 자주 쓰는 사람들은 사고하는 일이 드물다. 일방적 독서는 타인이 사색한 것을 머릿속에 주입하게 한다.

학자란 책을 많이 읽은 사람들이다. 하지만 사상가나 세상 사람들을 깨우쳐 주는 사람은 세상이라는 책을 직접 읽은 사람이라 말할 수 있다.

3

스스로 꽃 피우는 생각

엄밀히 말해 스스로 이해하여 세운 자신의 고유한 사상만이 진리와 생명을 지닌다. 우리는 그것만을 온전히 제대로 이해할 수 있기 때문이다. 독서로만 얻은 남의 생각은 남이 먹다 남긴 음식 찌꺼기거나 남이 입다가 버린 옷에 지나지 않는다.

즉 자신의 마음속에서 일어나는 자신만의 생각과 책에서 얻은 남의 생각과의 관계는 봄날에 스스로 꽃 피우는 식물과 돌 속에 박힌 태곳적 식물 화석의 관계와 같다.

4

독자적 사고의 가치

독서는 혼자만의 사색을 빌려 쓰는 것에 불과하다. 독서에 과몰입하면 남의 생각에 자신의 사고가 끌려다니게 된다. 만약 책이 우리를 이끌어가게 한다면, 많은 책 안에 얼마나 많은 미로가 있는지, 얼마나 기대와 관계없는 결과에 이를 수 있는지를 보여 주는 데 유용할 뿐이다.

그러나 자신의 의지대로 독자적 사유를 통해 올바로 생각하는 사람은 어떤 조건에서도 바른 방향을 잃지 않을 나침반을 갖고 있다. 그러므로 독서는 사유의 샘이 멎어 버렸을 때만 해야 한다. 뛰어난 두뇌를 지닌 사람이라도 이따금 그런 경우가 생길 수 있다. 이와 달리 독서만 믿고 근원적 힘을 지닌 자신의 생각을 쫓아내는 사람은 성스러운 정신에 죄짓는 일이나 다름없고, 실제 자연보다 동판화 속의 경치를 아름답게 여기는 바보와 다름없다.

이따금 우리는 스스로 생각해 천천히 알아낸 진리나 통찰이 어떤 책에 거의 비슷하게 쓰여 있는 것을 손쉽게 발견할 수도 있다. 하지만 자신만의 고유한 사고로 알아낸 진리나 통찰은 책에서 손쉽게 얻은 것보다 100배는 더 가치가 있다.

왜냐하면 그런 진리는 사고의 상충과 통합의 결과로서 전체의 부분이자 살아 있는 구성 요소로 자신의 사고의 전체 체계 속에서 부분과도 관련을 맺기 때문이다. 그리고 그 근거와 결론이 모두에게 이해될 때 자신만의 사고방식의 색깔, 색조, 특징을 지니게 된다. 또한 그 진리는 꼭 필요하다고 생각될 때 때맞추어 나타나 확고한 위치를 차지하므로 다시 없어지는 일도 없다. 그러므로 진리를 얻는 이런 사실을 괴테Johann Wolfgang von Goethe, 1749~1832는 다음과 같은 시구로 완벽하게 설명하고 있다.

조상이 남긴 것을 소유하려면

스스로의 힘으로 그것을 획득하라.

- 괴테, 《파우스트》 제1부 682행

다시 말해 스스로 사고하는 사람은 자신의 견해가 지닌 권위를 나중에야 알게 되는데, 그때 그 권위는 자신의 견해에 힘을 실어 주고 그것을 강화하는 데 도움이 된다. 이와 달리 책에 의존하는 철학자는 타인들의 견해를 주워 모은 것들로 하나의 전체 체계를 만드니, 그들의 견해에서 출발하는 셈이다. 그렇게 되면 그 지식 체계는 서로 어긋나는 낯선 재료들로 짜 맞춘 기계와 같은 반면, 스스로 사고하여 만든 지식 체계는 갓 태어난 살아 있는 인간과 같다. 지식의 전체 체계가 생겨나는 방식은 인간이 태어나는 방식과 유사하기 때문이다. 다시 말해 외부 세계가 사고하는 정신을 일으킨 후 그 정신이 지식 체계를 쭉 키우며 품고 있다가 낳는 것이다.

단순히 손쉽게 습득한 진리는 마치 의수나 의족, 의치, 밀

랍으로 만든 코나 남의 살로 성형 수술한 코처럼 우리 몸에 그냥 붙어 있기만 할 뿐이다. 하지만 스스로 혼자만의 사유로 얻은 진리는 자연스러운 손발과 같으므로 그것만이 정말로 자신의 것이다. 사상가와 단순한 학자의 차이도 여기서 비롯한다.

따라서 스스로 독자적 사고를 하는 사람의 정신적 획득물은 적절한 빛과 그림자의 배합, 알맞은 색조, 색채와의 완전한 조화로 생동감 있는 한 편의 빼어난 그림처럼 보인다. 그러나 단순한 학자의 정신적 획득물은 알록달록한 색과 체계로 정돈되어 있지만, 전체와의 조화와 연관성이 부족해 의미가 결여된 팔레트와 같다.

5

독서란 타인의 머리로 생각하는 것

독서란 자기 머리가 아닌 다른 사람의 머리로 생각하는 것을 말한다. 그런데 자기 생각으로 완결된 지식 체계는 아니더라도 그것을 짜임새 있는 전체 체계로 발전시키려 할 때 끊임없는 독서로 말미암아 다른 사람의 생각이 자신에게 물밀듯 흘러들어오는 느낌만큼 해로운 것도 없다. 이때 사색이 방해받고 지식이 정리되지 않는다. 다른 사람의 생각은 모두 남의 정신에서 싹튼 것이다. 그것은 서로 다른 체계에 속하고 다른 색채를 띠고 있어서 자신의 사고와 지식, 전체에 대한 통찰과 확신에 합류하지 못한다. 오히려 자신의 머리에 언어의 혼란을 일으켜 그런 것들로 채워진 정신에 의해 자신이 지닌 고유한 통찰력마저 모두 상실되는 결과를 낳는다.

많은 학자들이 그 같은 덫에 걸려 있다. 이들이 건강한 사고력, 올바른 판단, 실질적인 배려 면에서 배우지 못한 많은 사람보다 뒤떨어지는 이유도 그 때문이다. 이런 사람들은 외부로부터의 경험이나 대화, 약간의 독서로 얻은 보잘것없는 지식을 받아들여 그것을 가지고 자기 생각대로 남을 지배하려 들거나 동화시키려고 하는 경향이 있다.

그런데 사상가 또한 더 큰 규모로 그 같은 일을 벌이고 있다. 그런 사람은 누구보다 많은 지식을 필요로 하고, 그 때문에 엄청난 양의 책을 읽는 것이다. 이런 사람은 정신력이 매우 강하여 남의 지식을 자기 것으로 만들어 자신의 사상 체계에 병합한다.

다시 말해 그들은 끊임없이 커지는 자신의 시야와 통찰력을 바탕으로 다량의 지식을 자신의 사상 체계에 짜 넣어 종속시킬 수 있다. 이때 사상가 자신의 생각은 파이프 오르간의 기초 저음처럼 늘 모든 음을 지배하며 결코 다른 음에

묻히는 일이 없다. 반면에 단지 박식하기만 한 사람은 온갖 음조로 이루어진 파편 음이 갈팡질팡하는 바람에 그에게서는 기본음을 더는 들을 수 없게 된다.

6

일생을 사색하며 사는 사람

독서로 일생을 보내며 책에서만 지혜를 얻은 사람은 여행 안내서를 읽고 그 나라에 관해 지식을 얻은 사람과 같다. 이런 사람은 그 나라의 사정에 대해 일목요연하게 분명한 지식을 갖고 있지는 못하다. 즉 그 나라 사람들만의 독특한 민족적 특질과 문화적 성향, 언어적 사고방식, 기후와 지리적 위치 등 환경 요인에 따른 생활 방식, 종교와 의식, 축제를 통한 그 나라의 정체성 등 다양한 측면에서 한 나라에 대해 깊이 있게 이해하지 못한다.

이와 반대로 일생을 사색하며 보낸 사람은 그 나라에 살

앉던 사람과 같다. 이런 사람만이 그 나라의 실제 모습을
알고 있고, 그곳 사정을 꿰뚫고 있다.

* 역주 : 국어학자 김광해는 사고, 사유, 사색의 미묘한 차이에 대해
  이렇게 풀이한다. 사고는 주로 일정한 방식이나 틀에 따라 이루어
  지는 생각 또는 어떤 내용의 생각을 가리킨다. 사유는 사물에 대한
  본질, 의미, 가치 등을 깊이 헤아리고 생각하는 것을 가리킨다. 사
  색은 삶의 의미나 철학적인 문제 등에 대해 골똘히 생각하는 것을
  가리킨다.

7

책에만 의존하는 사람

책에만 의존하는 평범한 철학자와 스스로 사고하는 사람과의 관계는 역사 연구가와 목격자의 관계와 같다.

스스로 사고하는 사람들은 사물이나 어떤 관찰 대상에 대해 자신이 직접 파악한 것을 주장한다. 스스로 사고하는 사람들은 모두 근원적 사유를 하는 특성이 있어 기본적으로 일치하는 지점이 있다. 그들의 차이는 단지 주관적 입장의 차이에서 생겨날 뿐이다. 그러나 사물을 보는 관점과 입장이 서로 크게 다르지 않을 경우, 그들의 주장은 거의 비슷하다. 그들은 객관적으로 파악한 것만을 주장하기 때문이다.

반면에 책에만 매달리는 철학자는 이 사람 저 사람이 주장한 글들, 또 그것에 대해 다른 사람이 문제 제기한 반론 등을 정리해 보고하는 데에 능숙하다. 그런 사람은 타인의 논리를 비교하고 비판하는 것에 주력해 사물의 진리를 찾아내려 한다. 이런 점에서 그는 비판적 역사 연구가와 매우 비슷하다. 그래서 그런 사람은 예를 들어 라이프니츠Gottfried Wilhelm Leibniz, 1646~1716가 한때 스피노자Baruch Spinoza, 1632~1675를 추종했던 적이 있었는지 따위를 연구는 식이다. 즉 본질과는 상관없는 것을 연구하는 것이다.

그런 사상가가 그렇게 하기 위해 얼마나 많은 노력을 기울였는지를 알고 나면 의아할지도 모른다. 우리 생각에 그들이 사물의 본질에 주시하고자 했다면 곧바로 목표에 도달할 수 있을 것 같기 때문이다. 그러나 우리의 의지대로 스스로 사고하여 사유가 깊어질 수 있는 것은 아니다.

언제든지 책을 읽을 수는 있다. 하지만 생각은 그렇게 할 수 없다. 생각은 언제든지 마음대로 불러낼 수 있는 것이 아니라 그것들이 오기를 기다려야 한다. 다행히도 책 밖에서 일어난 어떤 자극이나 동기가 스스로 사고하도록 긴장을 만들어내면 어떤 대상에 대해 깊이 사유하는 길이 열린다. 그런데 위에서 말한 사람들에게는 그것이 좀처럼 되지 않는다.

8

문제의 본질에 접근하기

우리는 어떤 이해관계가 걸린 문제에 대해 사안의 본질에 접근하고야 말겠다는 결심은 할 수 있다. 그러나 결심이라는 의지만으로 여러 근거를 두루 깊이 생각한다고 해서 결정이 내려지는 것은 아니다. 해답이 얻어지는 것도 아니다. 우리의 생각이 문제의 본질에 고정되지 않고 빗나갈 때도 있기 때문이다. 때로는 문제에 반감이 생겨서 그렇게 되기도 한다. 그럴 때는 억지로 생각을 강요할 것이 아니라 사유의 공간에 생각이 스스로 들어올 때까지 기다려야 한다.

다른 시기에 다른 기분으로 혼자만의 사유가 일어나면 사안을, 문제의 본질을 다르게 볼 수도 있다. 이러한 과정은 결단에 이르렀을 시점에 이해된다. 더욱이 힘든 과제는 나누어 처리해야 하기 때문이다. 그럼으로써 전에 보지 못하고 지나친 것이 새삼스레 생각나기도 한다. 또한 사안을 명확하게 주시하면 문제 대부분이 견딜 만한 것으로 생각되어 반감도 사그라질 것이다.

9

무엇을 생각의 주제로 삼을 것인가?

학문적인 연구에서도 사유의 과정이 수반된다. 어떤 문제에 맞닥뜨려 있다면 심오한 사유의 때가 오기를 기다려야 한다. 두뇌가 아무리 뛰어난 사람이라 해도 언제 어디서든 스스로 사고할 능력이 있는 것은 아니기 때문이다. 그러므로 앞에서 말했듯이 혼자만의 사색을 방해하고 정신에 소재를 제공해 주는 독서에는 남는 시간을 이용하는 것이 좋다.

독서 행위가 자신을 대신하여 생각해 줄 수는 없다. 바로 이런 이유로 지나친 독서를 피해야 한다. 정신이 독서라는 대용품에 길들여져 생각하는 것 자체를 잊어버리지 않도록 하기 위해서다. 또한 정신이 이미 남이 밟아 다져놓은 길에 익숙해지지 않도록 하기 위해서, 그리고 자신의 사고 과정이 다른 사람의 사고 과정을 따라가느라 생소해지지 않도록 하기 위해서다.

독서를 할 때보다 현실 세계를 바라볼 때 혼자만의 사고를 할 계기와 그런 기분이 훨씬 자주 들게 되므로, 책에만 빠져 현실에 대한 감각을 잊지 않도록 해야 한다.

책 속의 현실은 저자에 의해 가공된 현실이다. 현실 세계에 존재하는 구체적인 것들은 순수성과 근원의 힘을 지닌 것이어서 스스로 사고하려는 정신에 자연스러운 주제이다. 이런 것으로 우리의 정신을 깊이 고양할 수 있다.

10

독창성이 묻어나려면?

　스스로 혼자만의 사고를 하는 사람과 책에만 매달리는 철학자는 강연에서 말솜씨로 쉽게 식별된다고 해도 놀랄 일이 아니다.

　다시 말해 스스로 사고하는 사람은 진지하고 직접적이며 본래의 특징이 있고, 사고 방식과 표현에도 독창성이 묻어난다.

　반면에 책에만 매달리는 철학자의 사고는 모두 남의 손을 거친 것이고, 개념도 남의 것을 받아들인 것이기에 잡동사니를 잔뜩 끌어모아 놓은 것과 같아 복제품을 다시 복제한 것처럼 흐릿할 뿐이다. 그리고 틀에 박힌 상투적인 언어와 유행어로 이루어진 문체는 화폐를 직접 주조하지 않아 마치 타국의 화폐를 통화로 쓰는 약소국과 다르지 않다.

11

단순한 경험과 사고의 관계

단순한 경험 또한 독서와 마찬가지라서 자신의 사고를 대신하지 못한다. 사색에 도움이 되지 않는다. 단순한 경험과 사고의 관계는 음식을 먹는 일과 이를 소화하는 위장의 작용 관계와 같다. 만약 어떤 단순한 경험을 통해 자신이 발견한 것들로 세상의 지식의 총량이 늘어났다고 자랑한다면 마치 입을 통해 먹을 수 있었다는 하나의 사실만으로 우리의 신체가 유지된다고 자랑하려는 것과 같다. 이는 사유의 힘보다 경험을 중요하게 여기기 때문이다.

12

탁월한 작품의 특징

진정으로 유능한 사람들이 남긴 작품은 단호함과 확실함, 그리고 그것에서 기인하는 자신만의 형식, 작품의 명확한 성격에 의해 평범한 사람들의 작품과 구별된다. 그들은 자신이 무엇을 표현하려고 하는지 언제나 명백히 알고 있기 때문이다. 그런데 산문이나 시, 음악의 경우도 마찬가지일 것이다. 평범한 사람들의 작품에는 바로 이 단호함과 명확함이 부족하기에 이를 통해 그들을 곧바로 식별할 수 있다.

최고의 정신을 지닌 사람들의 특징은 판단을 내리는 데

있어서 결코 타인에게 의지하지 않는다는 점이다. 이들이 내놓는 주장은 모두 그들 자신이 스스로 사유하여 얻은 결과이며, 어느 강연에서나 말솜씨를 보더라도 그런 사실이 잘 드러난다. 따라서 이들은 독일 제국에 직속된 영주들처럼 정신의 제국에 직속되어 있다. 이에 비해 평범한 사람들은 모두 영주에 종속되어 있다. 이런 사실은 독자적 특징이 없는 그들의 문체만으로도 알 수 있다. 그들의 문체에는 종속적 인간으로 살아가는 특징이 그대로 담겨 있다.

그러므로 진정으로 혼자만의 사고를 하는 사람은 군주와 같다. 그는 모든 일을 자신이 직접 결정하며, 자신을 넘어서려는 사람을 인정하지 않는다. 그의 모든 판단은 군주의 결정처럼 자신의 절대적 권력에서 유래하며, 자기 자신에게서 출발한다. 군주가 타인의 명령을 인정하지 않듯이 스스로 사고하는 사람은 여타의 권위를 인정하지 않으며, 그 자신이 직접 확인하여 결정한 것 외에는 다른 어떤 것도 그 효력을 인정하지 않기 때문이다. 반면에 온갖 종류의 견해와 권위, 편견에 사로잡힌 속된 두뇌의 소유자는 법이나 명령에 묵묵히 복종하는 백성이나 다름없다.

13

남의 말을 가져다 쓰는 사람

글을 쓰는 사람들 가운데 권위 있는 남의 말을 인용해서 판단을 내리는 데 급급한 사람들이 있다. 그들은 자신에게 부족한 이해력이나 통찰력 대신 남의 것을 그냥 가져와 쓰면서도 기뻐한다. 그런 사람은 부지기수다. 세네카가 말했듯이 "누구나 스스로 판단하기보다 남의 말을 믿으려 하기" 때문이다.

따라서 그들이 논쟁할 때 즐겨 쓰는 무기는 권위 있는 말이다. 그들은 남의 무기를 가지고 서로 치고받으며 싸운다. 그러므로 어쩌다 논쟁에 휘말린 사람이 이런저런 논거를 들어 반대 주장을 펴는 것은 아무런 도움이 되지 않는다.

그 같은 논쟁에서 반대 주장에 권위로 맞서는 사람들은 스스로 사고하고 판단할 능력이 없는, 용의 피를 전신에 뒤집어쓴 불사신 지그프리트Siegfried와 같기 때문이다. 따라서 그들은 논쟁에서 상대방의 논리와 주장을 인정하지 않으며, 오직 자신이 믿고 싶어 하는 권위만을 내세우고 승리를 외칠 것이다.

14

정신의 행복

　현실의 왕국이 아무리 아름답고 행복하다 해도 우리는 언제나 형체가 있는 존재로서 중력의 영향을 받으며 쉼 없이 일어나는 곤경의 상황과 마주하고, 또 이를 극복해 나갈 수밖에 없다. 그러나 생각의 왕국에서 우리는 형체가 아닌 정신의 존재로서 고난과 중력의 영향에서 벗어나 자유로울 수 있다. 그러므로 지상의 어떤 행복도 자기 안에서 아름답고 풍요로운 결실을 낳는 정신의 행복에 비하면 아무것도 아니다.

15

생각도 그때그때 적어 두기

현재 영혼이 무언가를 생각하고 있다는 것은 눈앞에 애인이 있다는 것과 같다. 스스로 사유하여 영혼에 새겨둔 결실을 잊지 않는다면, 이 애인에게 결코 무관심할 수 없다는 말이다. 그러나 눈에서 안 보이면 잊어버리는 법이다. 아무리 멋진 생각이라도 적어 두지 않으면 온전히 기억해내지 못할뿐더러 완전히 잊어버릴 수 있고, 애인도 결혼하지 않으면 달아날 위험이 있다.

16

독자의 관심

깊은 사색과 사유의 결과로 얻은 가치 있는 생각들은 많다. 그러나 그 생각들이 독자의 반향이나 성찰을 이끌어 낼 힘이 있는, 다시 말해 글로 쓰인 뒤에도 독자의 관심을 붙잡아 두는 생각은 그토록 많은 생각들 가운데 극히 일부에 지나지 않는다. 자신의 저서가 독자의 관심을 받지 못한다면 결국 사라진다는 것이다.

17

언제나 묻고 사색해야 할 것들

진정한 가치가 있는 생각은 무엇보다 자기 자신을 위해 사유하여 얻은 생각들이다. 일반적으로 사상가는 자신을 위해 사고하는 사람과 남을 위해 사고하는 사람으로 분류할 수 있다. 참된 사상가는 자기 자신을 위해 생각하는 사람이다. 다시 말해 스스로 사고하는 사람이며 혼자만의 사유를 즐기는 사람이다. 이들이야말로 진정한 철학자이다. 그들은 사물의 본성을, 세계의 본질을 언제나 진지하게 묻고 사유하고, 또 사색한다. 이러한 사유의 과정 자체가 그들에겐 존재의 즐거움이자 행복이다.

이와 달리 남을 위해 사고하는 사람들은 남의 지식을 내다 팔며 가르치는 소피스트sophist와 같다. 그들은 그럴듯하게 드러내 보이기를 원하고, 남들이 "저 사람은 지혜로운 사람이다"라고 인정해 주는 것에서 행복을 찾는다. 어떤 사람이 두 가지 분류 가운데 어디에 속하는지는 그들의 모든 행동 방식을 보면 금방 알 수 있다.

18

생존에 관한 철학적 성찰

생존에 관한 철학적 성찰은 괴롭고 덧없고 꿈과 같아도 가장 중요하고 절박한 것이다. 철학에서 생존 문제를 잘 헤아려 깨달으면 다른 모든 문제와 목적은 그 그림자에 덮일 정도다. 그런데 많은 사람들이 이 문제에 대해 분명히 의식하지 않으며, 심지어 깨닫지 못하는 것 같다. 그들은 오히려 생존과는 전혀 다른 문제를 걱정하고, 오늘 일이나 아주 먼 미래의 일만 생각하며 그날그날을 살아간다.

그러면서 그들은 이 문제를 일부러 피하거나 그 문제와 관련된 어떤 형이상학적 주장만을 받아들여 믿어 버리는 것이다. 그러나 이 점을 잘 헤아려 보면 인간이란 넓은 의미에서 '생각하는 존재'로 정의할 수 있다는 견해를 갖게 될지도 모른다. 깊은 생각이 없고 단순한 특성이 나타나도 그다지 놀라지 않을 것이다. 오히려 보통 인간의 지적 시야가 현재의 생존에만 머물러 있는 동물의 시야를 넘어서기는 해도, 도저히 예측할 수 없을 만큼 무한히 넓은 것은 아님을 알게 될 것이다.

따라서 대화를 할 때도 보통 사람의 생각은 짧게 끊어지는 것이 다반사라 좀 더 긴 실을 자아내지 못한다.

만일 이 세계에 진정으로 생각하는 존재가 모여 살고 있다면 온갖 종류의 무의미한 소음이 일어나지 않을 것이다.

그런데 자연이 우리 인간을 처음부터 생각하는 존재로 설계했다면 자연은 인간에게 귀를 달아주지 않았거나, 최소한 박쥐처럼 공기가 안 통하는 밀폐용 덮개를 달아주었을 것이다. 그러나 인간은 다른 동물과 마찬가지로 가련하며, 인간의 힘은 자신의 생존을 유지할 정도라서 밤에도 추격자가 가까이 오고 있음을 알리는, 늘 열려 있는 귀가 필요하다.

2장

글쓰기와 문체

1

집필 활동이란?

   세상에는 사물 자체의 본질을 밝혀내기 위해 쓰거나, 단지 쓰기 위해 쓰는 저술가가 있다. 사물 자체의 본질을 밝혀내기 위해 쓰는 사람은 자신의 고유한 생각과 경험을 전달할 가치가 있다고 여긴다. 반면에 단지 쓰기 위해 쓰는 사람은 돈 때문에 글을 쓴다. 이런 목적을 가진 사람은 무언가를 쓰기 위해 생각한다. 이런 저술가들은 될 수 있는 한 생각을 길게 늘어뜨리고, 반쯤 진실하고 그릇되어 자연스럽지 못하고, 불확실한 생각을 펼쳐 보인다. 또한 자신의 허구성을 감추기 위해 모호함을 즐겨 쓴다. 그 때문에 그들의 글에는 단호함과 명확성이 부족하다. 우리는 그들이 단지 원고지를 메우기 위해 글을 쓴다는 것을 단번에 눈치챌 수 있다.

가장 뛰어난 저술가들의 글에서도 그 같은 사례를 쉽게 찾아볼 수 있다. 예를 들어 레싱Gotthold Ephraim Lessing, 1729~1781의 《연극론》이나 장 파울Jean Paul, 1763~1825의 몇몇 소설에서도 원고지를 메우기 위한 흔적을 볼 수 있다. 만일 책에서 그런 현상이 보이면 곧바로 그 책을 손에서 놓아야 한다. 우리의 시간은 소중하기 때문이다. 사실 저자가 원고지를 메우기 위해 글을 쓰는 것만으로도 독자를 속이는 셈이다. 독자에게 전달할 내용이 있어서 글을 쓴다는 것은 핑계에 지나지 않는다. 원고료가 시와 소설은 물론 드라마나 철학 등 모든 저작물을 뿌리부터 망쳐 놨다.

오직 사물 자체의 본질을 밝혀내기 위해 글을 쓰는 사람은 가치 있는 글을 쓴다. 자신의 모든 저작물 가운데 단 몇 권의 탁월한 책만 있어도 그 이익과 영향은 헤아릴 수 없을 정도일 것이다. 하지만 글을 써서 원고료가 들어오는 한 그렇게 될 수 없다. 마치 돈에 어떤 저주가 붙어 있기나 한 것처럼 저술 활동이 돈을 벌기 위한 목적이라면 곧 타락하고 말 것이기 때문이다.

위대한 인물의 가장 뛰어난 작품은 모두 아직 돈을 받지 않았거나 아주 적은 원고료를 받고 글을 써야 할 때 나왔다. 그러므로 "명예와 돈은 같은 자루에 담을 수 없다"는 스페인의 격언은 옳다. 독일과 그 밖의 나라에서 저작물이 침체 상태에 있는 근본 원인은 글을 써서 돈을 벌려는 데에 있다. 돈이 필요한 사람은 누구나 책상에 앉아 글을 쓴다. 그리고 대중은 어리석게도 그 책을 산다. 이런 현상의 또 다른 결과는 언어를 망친다는 것이다.

저급한 저술가들은 신간 책만 읽으려 하는 대중의 어리석음 덕분에 살아간다. 즉 그들은 저널리스트다. 그들을 일컫는 적절한 명칭은 바로 '날품팔이'이다.

예술가를 어떻게 특징짓든 위대한 저술가(보다 높은 장르에서)란 자신의 일에 진지한 자세를 보이는 사람을 일컫는다. 나머지 사람들은 자신의 이익이나 이득에만 진지한 태도를 보이는 것이다. 어떤 사람이 소명 의식이나 충동에서 나온 글로 명성을 얻은 후 그로 인해 다작가가 된다면 보잘것

56

없는 돈 때문에 명성을 팔아 치운 것이다. 무언가를 하려고 글을 쓰자마자 그것은 곧 형편없는 것이 되고 만다. 19세기에 들어서서 비로소 직업적 저술가가 생겨났다.

2

세 부류의 저자

세상에는 세 부류의 저자가 있다고 말할 수 있다.

첫 번째 유형은 스스로 사고하지 않고 글을 쓴다. 그들은 기억과 추억을 바탕으로 글을 쓰거나, 남의 책을 직접 인용해서 글을 쓰기도 한다. 이런 부류의 사람이 가장 많다.

두 번째 유형은 글을 쓰면서 생각하는 사람들이다. 그들은 쓰기 위해서 생각한다. 그들 또한 무척 많다.

세 번째 유형은 충분히 생각하고 나서 집필에 들어가는 사람들이다. 그들은 충분히 생각했기 때문에 글을 쓴다. 그런데 그런 사람은 드물다.

글을 쓸 때까지 생각을 미루는 두 번째 유형의 저술가는 운을 하늘에 맡기고 길을 떠나는 사냥꾼에 비유할 수 있다. 그런 사람이 사냥을 많이 하고 집에 돌아오기란 어려울 것이다.

반면에 보기 드문 세 번째 저술가의 글쓰기는 몰이사냥과 견줄 수 있다. 이런 방식의 사냥에서는 짐승이 이미 잡혀 우리 안에 들어가 있다. 그 뒤 짐승의 무리는 똑같이 울타리가 쳐져 있어 사냥꾼으로부터 벗어날 수 없는 다른 공간으로 옮겨진다. 사냥꾼은 이제 목표를 정해 쏘기(서술)만 하면 된다. 이렇게 사냥(글쓰기)을 해야 무언가 수확이 있는 것이다.

그러나 미리 생각하고 진지하게 글을 쓰는 저술가 중에서도 사물 자체에 대해 깊이 사유하는 사람은 극소수다. 나머지 사람들은 단지 남의 책이나 다른 사람이 이미 주장한 것에 대해서만 생각할 뿐이다. 다시 말해 그들이 생각하기 위해서는 타인이 제공하는 낯선 사상에 따른 자극이 필요하다. 이렇게 낯선 남의 생각이 그들에겐 친밀한 주제가 되는 것이다. 그 결과 그들은 언제나 그 같은 영향을 받아 독자적 사고를 못 하고 독창적인 것도 결코 얻지 못한다.

반면에 극소수의 사람들은 사물 자체에서 자극받아 사물 자체에 대해 스스로 깊이 사고한다. 이런 사람 중에서 영원한 생명과 불후의 명성을 지닌 저술가를 발견할 수 있다. 이는 수준 높은 전문 분야의 저술가를 말하는 것이지 그저 값싼 브랜디 증류법을 다루는 저술가를 말하는 것이 아니다.

스스로 사고하여 자신의 머릿속에서 글의 소재를 직접 끌어내는 사람의 글만 읽을 가치가 있다. 그런데 저자들 대부분은 필요로 하는 글의 소재를 여러 책에서 그냥 가져다 쓴다. 다시 말해 이 책 저 책에서 가져온 남의 소재를 머릿속으로 검열하지도 않고 손가락으로 옮겨 적는 것이다. 하물며 가공되지 않는 것은 말할 나위도 없다. (그런 저자가 자신의 책에 쓰여 있는 것을 모두 안다면 얼마나 박식하겠는가!)

이런 이유로 그들의 언어는 의미가 불분명해서 그들이 도대체 무슨 생각을 하는지 알아내느라 독자만 골머리를 앓게 된다. 그들은 사실 아무것도 생각하지 않는다. 그들이 베껴 쓴 내용이 책으로 만들어지는 경우도 흔하다. 그러므로 이런 저작물은 여러 번 모형을 뜬 석고상과 같다. 이런 식으로 계속 모형을 뜨게 되면 나중에는 로마 시대 미소년의 대명사로 알려진 안티누스Antinous의 얼굴 윤곽마저 알아볼 수 없을 정도가 된다.

따라서 우리는 편찬자가 만들어내는 책은 되도록 적게 읽는 것이 좋다. 그렇다고 그런 책을 전혀 읽지 않기란 쉽지 않다. 그런데 수백 년 동안 축적된 인류의 지식을 좁은 지면에 압축한 편람도 편찬한 책이라고는 할 수 있다.

맨 마지막에 한 말이 언제나 옳은 말이고, 나중에 쓴 글은 모두 이전에 쓴 것을 좀 더 고친 글이며, 모든 변화를 진보라고 믿는 것은 큰 문제다. 스스로 사고하는 두뇌의 소유자, 올바른 판단을 바탕으로 사물 자체를 진지하게 대하는 사람들은 예외에 불과하다. 세상 어디든 자신의 저술에 책임성 없고 진리를 왜곡하는 사람들은 널리고 널려 있다. 이런 사람들은 앞서 말한 사람들이 충분히 생각해서 한 말을 언제나 자기 방식으로 개선하겠다며 애쓰다 오히려 더욱 망쳐놓기 일쑤다.

따라서 어떤 문제에 대해 지식을 얻으려는 사람은 학문

이란 언제나 진보한다고 믿거나, 도움받고자 하는 책이 이전의 책들을 이용했을 거라는 전제 아래 그 문제를 다룬 최신 서적만 움켜잡지 않도록 경계해야 한다.

3

진리를 둔갑시키지 말라

학문이란 언제나 진보한다고 믿는 사람들일수록 옛 책들을 철저히 이해하지 못하는 경우가 흔하다. 그래서 선구자들의 책에 표현된 말을 고치려다 오히려 개악해서 망치기도 한다. 선구자들이 자신의 생생한 전문 지식으로 글을 써서 내놓은 최상의 것들, 사실에 가장 부합하는 설명, 가장 이치에 맞는 지적들을 빠뜨리기도 한다. 그것들의 가치를 모르고, 그것들의 의미심장한 표현을 제대로 이해하지 못하기 때문이다. 진보에 대해 잘못된 믿음을 가진 사람들의 눈에는 옛 책들의 사상이 안 보이는 것이다. 겨우 피상적으로 알면서 내용에 대해 진부하다고 평가하는 것이다.

때로는 훌륭한 옛 책이 더 나쁜 최근의 책, 돈 때문에 형편없이 다시 쓰여 등장한 신간으로부터 추방당하기도 한다. 학문의 세계에서는 누구나 자신의 견해를 내세우기 위해 이것을 전에 없던 새로운 것으로 둔갑시켜 시장에 내놓으려고 한다. 어떻게 보면 이런 새로운 것의 존재 의의는 그런 사람이 지금까지 통용돼 오던 진리를 반박하고 자신의 허튼소리를 대신하려는 데 있을 뿐이다.

가끔은 그런 방법이 성공하기도 하지만 결국 지난날의 진리로 되돌아가게 마련이다. 그런 최근의 책들에서는 그것을 쓴 저자 외에는 다른 어떤 주장도 진지하게 여기지 않는다. 그것은 그 저자를 유명 인물로 내세우려는 의도이자 인정받고 싶어하는 욕구이다.

그런데 그런 일이 역설을 통해 신속히 일어나곤 한다. 그런 두뇌의 불모성이 그들에게 부정의 길을 부추기는 것이다. 다시 말해 오래전부터 인정되던 진리가 부인된다. 예컨대 "생명체의 본질을 단순히 물리적·화학적 과정만으로는 설명할 수 없다"라는 마리 비샤Marie Bichat의 생기론生氣

論, Vitalism도 명성을 좇는 자들에 의해 부인된다. 그리하여 극단적 원자론 등으로 되돌아가기에 학문의 진행이 때로는 퇴행하기도 한다.

4

원작을 읽어라

  학문의 진행이 때로는 퇴행하기도 하는데, 이런 일은 번역자에게서도 나타난다. 그들은 원작의 내용을 매우 주관적으로 가공하기도 하는데, 나는 그런 작업을 늘 주제 넘는다고 생각한다. 그럴 열의로 그대 자신이 번역할 가치가 있는 책을 직접 써라. 그리고 타인이 쓴 작품은 원래 그대로 놓아둬라.

  그러므로 우리는 될 수 있는 한 원래의 창작자, 사상의 창시자, 학문의 창안자 작품, 또는 적어도 관련 전문 분야에서 정평이 나 있는 작가의 작품을 읽어야 한다. 원작을 멋대로 해석해 뜯어고친 신간을 읽느니 차라리 같은 내용의 중고 서적을 사서 읽는 편이 낫다.

물론 이미 발견된 원작의 내용에 덧붙이기는 쉬운 일이므로 잘 세워진 기초에 좀 더 새로운 것을 추가하여 자신을 알릴 수는 있을 것이다. 그러므로 새로운 글이 좋다고 여긴들 그것은 짧은 순간에나 새로운 것이기에 새로운 것이 늘 좋은 것이 되는 경우는 드물다.

대중으로부터 지속적인 관심을 얻기 위해 글을 써 봤자 점점 나쁜 결과를 초래하는 새로운 글을 자꾸 쓸 수밖에 없다. 자신이 조금이나마 높은 곳에 있으려면 온갖 미사곡을 써야 한다. 그런 저작 활동이 반복될수록 영속적 가치가 있는 결과를 얻기란 요원하다.

5

책의 제목 짓기

책의 제목은 편지의 주소와 이름에 해당한다. 책에서 제목이 필요한 이유는 독자가 책의 내용에 관심을 가질 수 있도록 하기 위해서다. 따라서 제목은 지시적이어야 하며, 쉽게 기억될 수 있도록 간결하고, 함축성 있고, 가능하면 내용의 모노그램monogram 역할까지 수행할 수 있게 해야 한다.

따라서 장황하고, 의미 없고, 불명료하거나 모호하고, 독자를 그릇된 길로 이끄는 제목은 좋지 않다. 특히 책의 내용과 무관한 잘못된 제목은 편지에 주소와 이름을 잘못 쓰는 것과 같다.

하지만 그중에서도 가장 나쁜 행동은 다른 책의 제목을 무턱대고 도용하는 일이다. 첫째로 그것은 표절이고, 그다음으로 저자에게 독창성이 부족하다는 증거이다. 자신의 책에 새로운 제목조차 고안해내지 못하는 사람은 책에서 새로운 내용을 제시할 능력도 없는 것이다.

남의 책 제목을 모방하는 것, 이 또한 제목을 절반쯤 도용하는 행위이다.

6

소재와 형식

　저서는 저자의 사상을 반영한다. 사상의 가치는 저자의 사고의 대상인 소재, 소재의 가공인 형식에 달려 있다.

　사고의 대상은 헤아릴 수 없이 많고 다양하다. 경험적 소재, 역사적 사실이나 자연적 사실은 가장 넓은 사고의 대상이며, 그 자체로 고유한 인식의 객체다. 이 때문에 객체는 저자가 누구냐와 관계없이 중요한 의미를 가진다.

　반면에 사고의 내용이 중요 문제일 경우, 그 고유한 특색은 생각하는 주체에 달려 있다. 객체(대상)를 인식하는 것은 주체(주관)이고, 우리가 인식한 대상은 주관을 통해서만 드러나기 때문이다. 물론 그 대상은 누구나 접근 가능한 생각의 소재일 수 있다. 그러나 저자가 대상을 파악하는 형식, 즉 저자가 대상을 어떻게 파악하고 있느냐에 가치가 있다. 이때 중요한 것이 주체이다. 저서의 가치는 대상을 인식하는 저자의 주관적 특색에 있기 때문이다. 따라서 어떤 저서가 이런 점에서 탁월하다면 저자 역시 같은 평가를 받을 것이다.

어떤 저자가 읽을 만한 가치가 큰 저서를 발간했을 경우, 소재 자체에만 의존하는 정도가 작을 것이다. 예를 들어 고대 그리스의 3대 비극 작가(아이스킬로스, 소포클레스, 에우리피데스)들은 모두 같은 소재를 다른 형식으로 가공했다.

그러므로 어떤 책이 유명해졌을 때 그것이 소재 때문인지 형식 때문인지 잘 따져 봐야 한다. 이따금 평범한 사람들이 소재를 잘 가공해 중요한 저서를 발간하는 수가 있다. 바로 그들만이 특정 소재에 접근할 수 있는 경우다. 예를 들어 해외를 두루 돌아다닌 여행 기록이나 자연 현상 및 실험 기록, 사건 기록, 사료에 기반한 역사물 등이 그러하다.

반면에 누구나 접할 수 있는 소재보다 형식을 중요하게

생각하여 이에 치중하는 경우다. 이런 경우 소재를 대하는 저자의 치밀한 사고 능력이 저서에 가치를 부여한다. 즉 뛰어난 두뇌의 소유자만이 읽을 만한 저서를 내놓을 수 있다. 보통 사람들은 누구나 생각할 수 있는 내용만 생각할 것이기 때문이다. 그들은 자기 정신의 복제품을 책으로 내놓는다.

그런데 일반 독자들은 형식보다 소재에 훨씬 더 관심을 기울이므로 기대한 만큼 교양의 수준을 높이기 어렵다. 이런 경향은 문학 작품에서 두드러지게 나타난다. 독자는 작가가 작품을 쓰게 된 계기, 즉 작가의 실제 이야기나 개인적인 삶의 환경 등에 관심을 기울인다. 독자에겐 작품 자체보다 책의 내용 외적인 것이 흥미로운 것이다. 독자는 괴테의 작품보다 괴테의 삶에 대해 더 많이 알고 싶고, 《파우스트》라는 작품보다 파우스트 전설을 더 열심히 연구한다.

이처럼 소재를 중시하는 독자의 경향이나 소재에 의존하는 연구는 형식을 중시하는 시 분야에서는 비난받을 행동이 된다. 소재를 중시하는 경향은 극작가들에게서 더욱 두드러진다. 이들은 소재에 의존하는 작품으로 극장을 가득

채우려 하는 나쁜 작가들이다. 그러기에 이들은 유명인이면 누구나 자기 작품의 주인공으로 무대에 등장시킨다.

소재와 형식의 구별은 대화에서도 자신의 권리를 주장하려는 것에서 알 수 있다. 대화 능력을 결정짓는 요인은 분별력, 판단력, 기지와 생동감이다. 이런 것이 대화의 형식을 구성한다. 하지만 그다음에는 상대방과 주고받는 대화의 소재, 즉 상대방과 이야기를 나눌 화제인 지식이 고려될 것이다. 만약 상대방의 지식이 많이 부족할 경우 대화의 소재는 누구에게나 잘 알려진 세상 이야기에 그칠 것이다. 따라서 대화에 가치를 부여하는 것은 이야기 소재가 아니라 형식에 기반하여 대화를 이끌어나갈 능력이다.

이와 반대로 그런 능력이 부족한 사람은 자기만의 특정 지식을 소재로 삼아 대화를 주도하려 한다. 그럴 경우 대화의 가치는 전적으로 소재에 의존하게 되고, 대화는 서로 이해할 수 없는 것으로 귀결된다.

7

언어의 한계, 생각의 한계

　어떤 사상의 생명력은 작가가 가진 언어의 한계에 도달할 때까지만 지속될 뿐이다. 작가의 언어의 한계는 바로 그의 생각의 한계를 의미한다. 그때 작가의 사상은 화석이 되고, 그 후 생명력을 잃게 된다. 하지만 화석화된 태고의 동식물이 본래 생명의 결정結晶이듯이 본래의 사상도 결정이 되는 순간, 이후 수정된 사상에 비교할 수 없다.

　다시 말해 작가의 사고가 어떤 한계의 언어를 발견하는 순간 그것의 생명도 다한다. 작가의 사고가 타인을 위해 존재하기 시작하면 마음속에서 살아가기를 그만둔다. 이는

갓난아기가 어머니의 모태에서 분리되는 순간 독자적 생각

으로 삶을 살아가는 것과 같다.

8

펜과 지팡이

펜과 생각의 관계는 지팡이와 걸음에 비유할 수 있다. 지팡이에 의존하지 않는 발걸음이 가볍고 자유롭듯이 펜을 손에 쥐지 않을 때 생각이 자유롭고 넓게 펼쳐진다. 생각에 노화가 시작되면 지팡이 같은 펜을 찾게 되는 것이다.

9

가설

가설假說은 두뇌에서만 살아간다. 가설은 자신에게 유익한 것과 동질적인 것만 외부 세계로부터 받아들인다는 점에서 유기체의 생존 방식과 비슷하다. 그러므로 자신에게 이질적이거나 해로운 것은 받아들이지 않는다. 만일 그런 것을 어쩔 수 없이 받아들여야 하는 경우 그것을 온전한 상태로 다시 봉쇄해 버린다.

16

불멸의 작품의 조건

　어떤 작품이 불멸의 작품으로 기억되려면 많은 탁월한 조건을 갖춰야 한다. 그리고 그러한 조건을 파악하고 평가할 만한 독자가 뒤따라 줘야 한다. 하지만 그런 독자를 찾기란 쉽지 않다. 이런 탁월함은 이런 독자에 의해, 저런 탁월함은 저런 독자에 의해 인정받고 숭배된다. 그로 인해 오랜 세월이 흐르는 동안 독자의 관심사가 변하더라도 위대한 작품에 대한 신뢰는 계속 유지된다. 이때 작품은 이런저런 이유로 숭배되며 그 의미가 고갈되지 않는다.

　그래서 작가는 자기 작품이 후세에 살아남기를 바라고,

동시대인들에게서도 인정받으려 한다. 하지만 헛수고에 그치는 작가들이 부지기수다. 그의 작품이 다른 사람의 것과 차별되는 탁월함이 있다 하더라도 말이다. 작가는 심지어 유대인처럼 몇 세대에 걸쳐 방랑하더라도 인정받지 못할 수도 있다.

그런 작가에게는 "자연은 그를 주조한 다음 거푸집을 깨뜨려 버렸다"(《분노한 오를란도》)는 루도비코 아리오스토 Ludovico Ariosto, 1474~1533의 말이 적용된다. 왜냐하면 그렇지 않으면 그의 사상이 다른 모든 사상처럼 왜 묻혀버리는지 이해되지 않을 것이기 때문이다.

11

유행하는 작법을 따르지 말라

어느 시대에서나 예술과 문학에서도 그릇된 주의나 주장, 작풍, 작법이 유행하고 환영받는다. 천박한 사람들은 그런 것을 아무 생각 없이 받아들여 익히려고 애쓴다. 통찰력 있는 사람은 그런 사실을 인식하고 경멸한다. 그는 일반 대중과 달리 유행을 따르지 않는다. 그러나 몇 년이 지난 후에는 일반 대중도 그 사실을 깨닫고 그 같은 유행을 비웃는다.

질 나쁜 석고 세공품으로 장식된 벽은 시간이 지나면 회칠이 벗겨지듯 매너리즘에 빠진 작품들도 진실이 드러난다. 그러므로 우리는 그릇된 주의나 작풍이 오랫동안 은밀히 유행하고 발언권을 갖더라도 그것에 대해 분노하기보다 기뻐해야 한다. 언젠가 사람들은 그릇된 것들을 인식해서 분명하고 단호하게 진리를 말할 것이기 때문이다. 이는 고름이 터지는 원리와 같다.

12

문학, 나쁜 것은 나쁘다고 말해야

문학 잡지는 엉터리 작가들이 양산하는 무익한 책들을 막아주는 댐 역할을 해야 한다. 문학 잡지는 시중에 떠도는 유행이나 금전에 휘둘리지 않아야 한다. 공정하고 엄정한 평론을 해야 한다. 부적격한 작가들의 졸작을 냉정하게 비판하고 그들의 그릇된 욕구를 저지해야 한다. 출간 도서의 90%는 머리가 텅 빈 작자들이 빈 지갑을 채우기 위해 마구 휘갈겨 쓴 책들이라 할 수 있다.

무엇보다 독자의 귀중한 시간과 돈을 빼앗기 위해 작가와 출판사가 결탁하는 풍조부터 바로잡아야 한다. 돈 때문에 글 쓰는 교수나 문사들이 있다. 이들과 출판사는 이해 관계가 맞아떨어져 서로 단결하고 상호 지원을 아끼지 않는다. 동료가 세상의 비판대에 오르면 그를 옹호하고 변호해 준다. 형편없는 책들에 서로 찬사를 주고받는 이유도 바로 그 때문이다. 문학 잡지의 구성이나 내용도 그런 자들에 의해 결정된다. 그들은 '우리가 살려면 서로 살려야 한다'는 식이다. (일반 독자는 어리석게도 이렇게 만들어진 신간을 주저 없이 읽는 데 정신이 팔리고 양서는 이해가 어렵다며 멀리한다.)

현재나 과거를 불문하고 평론가 중에 무가치한 졸작을 한 번도 칭찬한 적이 없다거나 탁월한 작품을 함부로 폄하지 않았다고, 또는 교활한 수법을 써서 세상의 이목을 끌지 못하도록 타인의 작품을 소홀하게 다룬 적이 없다고 말할 수 있는 자가 얼마나 있겠는가. 친구의 추천이나 동료에 대한 배려, 또는 출판사와의 이해관계가 아닌 순전히 책 내용의 중요성에 따라 세상에 소개할 책을 양심적으로 골랐다고 말할 수 있는 자가 과연 몇 명이나 될까?

신인이 아닌 경험 많은 평론가가 어떤 졸작을 극찬하거나, 어떤 탁월한 작품을 심하게 비난한다면 의심해 봐야 한다. 오늘날 논평은 독자가 아닌 출판업자들의 이익을 위해 행해지고 있다.

앞서 말했듯 엉터리 작가들이 활개 치지 못하도록 질 나쁜 책들을 막아주는 댐 역할의 문학 잡지가 존재한다면 재능이 떨어지는 작가, 사명감이 부족한 출판업자, 표절꾼, 대학의 사이비 철학자, 허영기 있는 시인들은 대중으로부터 조소를 당할 것이다. 글을 쓰고 싶어 근질거리는 그들의 손가락이 마비되어 버릴 것이다.

그렇게 되면 문학은 인간의 영원한 주제인 구원에 다가갈 것이다. 조잡한 문학은 무익할 뿐만 아니라 사회에 큰 해악이다. 그런데 오늘날 문학 서적들은 대부분이 악서이며, 차라리 출간되지 않는 편이 나았을 것이다. 따라서 그런 조잡한 책을 함부로 칭찬해서는 안 될 것이다. 무엇보다 오늘날 비평가들은 개인적인 배려 차원에서 비판은 하지 않고 칭찬을 남발하고 있다. 그들의 좌우명은 이렇다. "동료와 한패가 되어 칭찬하라. 그러면 그도 너를 칭찬해 줄 것이다."(호라티우스Horatius, 《풍자시》 2.5,72)

세상 어디에나 지식을 팔아 연명하는 조악한 사람들로

우글거리고 있다. 그들에게 일말의 관용도 베풀어서는 안 된다. 그들은 후안무치한 침입자들이기 때문이다. 조잡한 문학을 경멸하는 것은 위대한 문학에 대한 의무이다. 아무 것도 나쁘지 않다고 생각하는 사람은 아무것도 좋다고 생각하지 않기 때문이다. 사회활동에 필요한 예의가 문학에 서는 진실을 가로막는 너무나 해로운 요소이다. 나쁜 것을 나쁘다고 말하지 않는 태도는 작가에게 학문의 목적을 거스르게 한다.

13

비평의 태도

문학 잡지는 비범한 지식과 비범한 판단력을 겸비한, 정직한 사람들의 글을 실어야 한다. 그런데 문학 분야에서만큼 정직하지 않은 풍토가 만연한 곳도 없다. 괴테도 이미 지적한 바 있다. 나는 나의 저서 《자연에서의 의지에 대하여》에서 그 점을 자세히 다루었다.

문학계의 정직하지 못한 풍토를 일소하기 위해서는 무엇보다 문학계의 관행인 익명성이 폐지되어야 한다. 문학 잡지에서 익명성은 작가에 대한 독자의 심판을 보호해 주는 역할을 한다. 그런 일을 수행한 대가로 익명의 필자는 많은 이익을 챙긴다. 그는 자신의 마음속 견해와는 다른 주장을 하면서도 온갖 책임을 모면한다. 매수당한 저급한 필자라는 수치심도 은폐할 수 있게 된다. 그런 자는 독서 대중에게 나쁜 책을 골라 주고 칭찬하면서 출판업자들로부터는 술값을 받아 챙긴다. 그런 익명성은 자신의 형편없는 판단력과 무능력을 감추는 데 쓰이기도 한다. 그들은 익명성 뒤에 숨어 있는 것이 안전하다는 것을 잘 알고 있다. 그런 작자가 얼마나 뻔뻔스러운지, 사기 짓거리를 하고도 얼마나 겁내지 않는지 믿을 수 없을 정도이다.

만병통치약이라는 게 있듯이 익명의 필자들에게 효력 있는 만능반론이란 게 있다. "익명 뒤에 숨은 사기꾼이여, 그대 이름을 드러내라! 얼굴을 가린 채 타인의 작품을 공격하는 것은 명예를 소중히 여기는 사람이 할 짓이 아니다. 그것은 비열한 악당 행위이다. 그러니, 사기꾼이여, 당장 그대 이름을 드러내라!" 이처럼 독자 스스로가 익명의 필자들에게 심판을 내리는 것이다.

장 자크 루소Jean-Jacques Rousseau, 1712~1778는 소설《신 엘로이즈》의 서문에서 "정직한 사람은 모두 자신의 글에 서명

한다"고 말했다. 이 문장을 뒤집어 말하면 "자신이 쓴 글에 서명하지 않는 자는 정직하지 않은 자"라고 할 수 있다.

익명의 비평가는 타인이나 타인의 작품에 대해 어떤 것은 알리고 어떤 것은 숨기면서도 자신이 그런 일을 당하는 것은 용납하기 싫어 자신의 이름을 드러내지 않는 작자다. 누가 그런 작태를 참을 수 있겠는가? 익명의 비평가가 절대로 거짓말을 하지 않는다고 말하는 것은 뻔뻔함의 극치다. 한마디로 무책임한 자이다. 익명 비평은 시작과 결말 모두 거짓말과 사기를 목표로 한다. 그 때문에 복면을 뒤집어쓰고 거리를 활보하는 것을 경찰이 허용하지 않듯이, 익명으로 글을 쓰고 타인을 비평하는 행위도 용납해서는 안 된다.

익명의 글을 허용하는 잡지에서 멋대로 타인의 학문을 심판한 자들이 아무런 처벌을 받지 않는다. 독자를 속이면서도 처벌받지 않고, 악서를 칭찬함으로써 독자의 시간과 돈을 사취한다. 익명성 뒤에 숨어 온갖 사회적 악행을 저지르는 견고한 성채는 허물어뜨려야 한다. 언론에서도 모든 기사에 작성자의 이름을 달아야 하고, 편집인에게 엄중한 책임을 물어야 한다. 그렇게 되면 거짓 기사의 3분의 2는 사라질 것이다. 타인이나 타인의 작품에 대한 후안무치한 독설도 제한받게 될 것이다.

하지만 익명의 글쓰기 행위를 법으로 금지할 수 없는 한, 정직한 작가들이 일치단결해 익명의 저널리즘에 맞서 싸워야 하고 익명의 필자들을 추방해야 한다. 그리고 어떤 식으로든 익명 비평은 비열하고 파렴치한 행위라는 인식을 널리 확산시켜야 한다.

14

익명 비평

  어떤 글이든 독자는 글쓴이를 알고 싶어 한다. 복면을 쓴 채 살금살금 걸으며 해악을 끼치는 자는 법률의 보호를 받지 못하는 무명無名씨이다. 무명씨는 비열한 악당이다.

  우리는 모든 익명의 비평가들을 즉각 비열한 악당이나 개자식이라 불러야 한다. 엉터리 작가들이 숨어 있는 그들한테 모욕당하고도 비겁하게 '존경하는 비평가님'이라고 불러서는 안 된다. 모든 정직한 작가들은 익명의 비평가를 '자기 이름을 드러내지 않는 개자식'이라고 불러야 마땅하다. 그런 호칭을 들을 만한 자가 나타나면 그 녀석의 복면을 벗기고 그의 귀를 잡고 광장 한복판으로 끌고 가야 한다. 그러면 사람들은 밤도깨비 같은 녀석을 보고 커다란 환호성을 지를 것이다.

그러한 익명 비평가들의 후안무치한 행위 중 특히 파렴치한 행위는 국왕처럼 1인칭 복수 '우리는'이라는 용어를 써서 발언한다는 점이다. 그들은 1인칭 단수형으로, 겸양형으로 '비겁하고 교활한 나는', '복면을 쓴 무능한 나는'이라는 등의 표현을 써야 한다. 시시한 문학 잡지나 삼류 언론 매체에서 야유를 퍼붓는 이런 비열한 자들에게는 그런 칭호가 적합하다. 문학에서의 익명은 공동체 사회에서 사기를 치는 행위이다.

"그대 이름을 드러내라, 사기꾼아, 그렇지 않으면 침묵하라!" 서명이 없는 비평을 대하면 즉각 사기꾼의 글이라고 알리는 게 좋다.

15

문체는 정신의 얼굴

문체는 정신의 얼굴이다. 정신의 얼굴은 인상 이상으로 진실하다. 타인의 문체를 모방하는 것은 가면을 쓰는 것과 같다. 가면이 아무리 아름답더라도 생명력 있는 얼굴에 견줄 수 없다. 아무리 못생겼더라도 생기 있는 얼굴이 가면보다는 낫다.

라틴어로 글을 쓰는 저자 역시 고전의 문체를 모방한 글이라면 좋은 내용과 상관없이 가면을 쓴 자와 같다. 그들이 하는 말을 알아들을 수는 있다. 하지만 정신의 얼굴, 즉 문체까지는 볼 수 없다.

그러나 자기만의 사고로 쓴 라틴어 글에서는 정신의 얼굴을 볼 수 있다. 페트라르카, 베이컨, 데카르트, 홉스, 스피노자 등과 같은 사람들은 모방하는 것에 만족하지 않았다.

한껏 허세를 부리는 문체는 찌푸리는 얼굴에 비유할 수 있다. 모국어는 그 나라의 얼굴이다. 언어는 그리스어에서부터 카리브해 연안의 언어까지 매우 다양한 만큼 큰 차이를 보인다.

자신의 글에서 드러나는 문체의 결함을 알려면 타인의 글에서 드러나는 문체의 결함을 볼 줄 알아야 한다.

16

자기만의 고유한 문체

어떤 정신적 저작물의 가치를 평가하기 위해 저자가 무엇을 생각했는지를 굳이 파악할 필요는 없다. 그러려면 그의 작품 전체를 읽어야 하기 때문이다. 우선 그가 어떤 식으로 사고했는지를 아는 것으로 충분하다. 저자만의 고유한 사고의 방식, 그 사고의 본질적 성질이 정확히 그대로 드러나는 것이 문체다. 다시 말해 문체는 저자의 사상을 드러내고 결정짓는 형식적인 특징이다.

그러므로 '저자가 무엇에 대해 어떻게 생각하든' 문체는 언제나 그것과 똑같아야 한다. 문체는 온갖 형태를 빚어내는 반죽과 같다. 이때 매우 다양한 형태가 나타날 수 있다.

14세기 독일의 민속 설화에 등장하는 전설적인 장난꾼 오일렌슈피겔Eulenspiegel은 다음 장소까지 얼마나 더 가야 하는지 묻는 사람에게 "몇 걸음 더 걸어 보시오!"라고 부적절한 대답을 했다. 이런 대답의 의도는 그가 주어진 시간에 어느 지점까지 갈 수 있는지 그의 걸음걸이를 측정해보기 위해서였다. 이와 마찬가지로 나도 어떤 책을 선택하기 전에 저자의 글을 몇 쪽 정도 읽으면 그가 내게 도움을 줄 수 있을지 검증하게 된다. 이런 눈치 빠른 독자를 의식하는 약삭빠른 작가는 문체를 억지로 지어내려 한다.

그래서 그는 자신에게 있는 고유하고 자연스러운 문체, 즉 소박함의 미덕을 잃거나 포기하게 된다. 그로 인해 그는 개인의 고유한 문체를 갖지 못하게 되고, 소박함의 미덕은 우월한 정신의 소유자들에게 넘어간다.

평범한 일반인들은 자신이 생각한 대로 글을 쓰지 못한다. 결과물에 대한 두려움 때문이다. 하지만 언제나 자기 생각대로 글을 쓰는 것이 중요하다.

그러므로 그들이 성실한 자세로 시작해 실제로 스스로

생각한 사소하고 평범한 것들을 단순하게 전달하려고 하면, 그들의 글은 읽을 만한 것이 될 것이다. 그들에게 알맞은 글의 주제에서는 교훈적인 것이 나올지도 모른다. 그러나 그들은 실제보다 훨씬 더 많이 생각한 척하려고 한다. 그러다 보면 그들은 글의 내용을 어렵게 만드는 부자연스러운 관용구나 신조어를 써서 장황한 복합문장으로 제시한다. 바로 이런 복합문장이 저자의 생각을 알 수 없게 만든다.

17

문체로 정신의 외관을 치장하지 말라

평범한 저술가들은 자기 생각을 때로는 아주 짧고 다의적이며 역설적인 잠언으로 제시한다. 글쓰기 기법 중 잠언 형식은 표현된 것 이상으로 많은 의미를 암시하는 효과가 있다(이런 부류에 속하는 예가 독일 관념론자인 셸링Friedrich Wilhelm von Schelling, 775~1854의 자연철학 저술이다).

그들은 자신의 사상을 표현하는 데에 참을 수 없을 만큼 장황하게 홍수처럼 많은 단어로 쏟아낸다. 독자가 자신의 심오한 뜻을 이해하려면 그 정도의 감수는 필요하다고 말하는 것 같다. 반면에 문법 논리에 기반한 단순한 착상의 책들이 있다. 피히테Johann Gottlieb Fichte, 1762~1814가 쓴 대중적인 글이나, 이름을 언급할 가치도 없는, 한심한 바보들이 쓴 철학 교과서들이 그렇다.

그들은 자기들만이 공유하는 글쓰기 작법을 설정하여 그것만이 우수하다고 주장한다. 그들은 그런 작법을 가리켜 학구적인 글쓰기 방법이라고 강변한다. 깊은 사유를 동반하지 않은, 그들의 엿가락 같은 문장은 마약과 비슷한 효과를 내며 독자를 고문한다(특히 가장 후안무치한 헤겔Georg Wilhelm Friedrich Hegel, 1770~1831과 그를 추종하는 제자들이 발간하는 학문적 문학 연감이 대표적 예다). 또한 그들은 가끔은 재기 있는 글쓰기 작법에 심취하기도 하는데, 그럴 경우 완전히 미쳐버린 것은 아닌지 의심이 든다.

그들이 단어를 끝도 없이 늘어뜨리며 고안해낸 문체나 비논리적 복합문장은 그들의 원래 생각이 무엇인지 더욱 알아낼 수 없게 한다. 그들은 자신만의 고유한 생각을 알 수 없게 만들면서 다른 사람에겐 뭔가 생각하기를 기대한다.

그들은 지칠 줄 모르고 새로운 방법을 시도한다. 그것은 사상을 위해 언어를 팔아치우려는 노력이다. 대단한 지성인인 듯 독자에겐 의미를 알 수 없는 새로운 표현들, 관용구, 복잡한 합성어 등을 활용해 정신의 외관을 치장한다. 자신의 저작물을 팔기 위해 이런저런 문체를 새로이 시도하면서 가면처럼 사용한다. 그런 가면으로 한동안 독자를 속일 수는 있어도 결국은 생기 없는 문체로 판명되어 웃음거리가 될 것이다. 그때는 재빨리 또다른 가면으로 바꿔 쓰겠지만 말이다.

그래서 독자들은 저술가들을 술에 취해 격정을 토로하는 사람으로 보기도 하고, 거들먹거리는 박식한 자로 보기도 한다. 철저하나 말 많은 사람으로 보기도 한다. 크리스티안 볼프Christian Wolff, 1679~1754가 그런 학자의 전형적인 예라 할 수 있다. 그런 글의 가면이 나로서는 이해되지 않지만 생각보다 오래 지속되고 있다.

오직 독일에서 통용되어 유행하고 있는 그런 가면은 피히테에 의해 도입되고 셸링에 의해 완성된 뒤, 헤겔에 이르러 정점을 찍었다. 그리고 그런 가면은 상업적으로도 대단한 성공을 거두었으니 장사꾼이 따로 없다. 그렇지만 누구도 이해하기 어렵게 만드는, 그들과 같은 글을 쓰는 것처럼 쉬운 일은 없을 것이다.

* 역주 : 쇼펜하우어는 피히테와 셸링, 헤겔이 프로이센 왕국을 절대
  정신이 완벽하게 실현된 국가라며 찬양하고, 민족주의를 옹호하는
  주장을 계속 이어가자 그들을 국가에 아부하는 사기꾼들이라 비난
  했다. 쇼펜하우어는 특히 당대에 철학계의 주류이던 헤겔의 관념주
  의와 날카롭게 각을 세웠다.

18

정직한 글쓰기

    자신의 사상을 누구나 이해할 수 있게 표현하는 것만큼 어려운 것도 없다. 이해되지 않는 글은 어떤 대상을 저자가 신비화한 데서 생긴다. 저자의 글을 이해하지 못하는 자에게 신비화는 그 속에 심오한 뜻이 숨어 있지 않을까 하는 착각을 불러일으킨다.

    자신의 고유한 문체를 갖지 못해 단순히 문법 논리에 기반한 글을 쓰는 저자에게는 사물을 헤아리는 능력, 즉 지력智力이 없어도 상관없을 것이다. 사물의 있는 그대로의 모습을 보여 줄 때 지력이 필요한 것이다. 고대 로마의 시인 호라티우스Horatius, 기원전 65~8는 《시론》에서 "올바른 글을 쓰려면 현명해야 한다"고 말했는데, 이는 시대를 막론하고 인정받고 있다.

자신의 사상을 쉽게 이해할 수 없게 만들어 신비화하는 저자들은 연금술사와 같다. 그들은 수백 가지의 합성물을 시도하는 금속 노동자들과 같다. 그런 글쓰기는 헛된 노력에 불과하다.

사람들은 언제나 어떤 식으로든 자기에게 없는 것을 가지고 있는 척 허세를 부리기 마련이다. 그 때문에 어떤 작가가 '소박하다'고 불린다면 그것은 칭찬이다. 그런 작가는 자신을 있는 모습 그대로 보여주는 사람이다. 소박함은 자연스럽기에 매력을 끈다. 바로 그것이 정직한 글쓰기이다. 반면에 부자연스러움은 어디서나 움찔하게 만든다.

위대한 사상가일수록 자신의 사상을 순수하고 명확하게, 간결하고도 확실하게 표현하고자 노력하는 것을 볼 수 있다. 단순함은 언제나 진리의 특징이다. 모든 천재들은 단순함을 사랑했다. 문체는 사상의 아름다움을 보존한다.

사이비 사상가들처럼 문체를 통해 사상을 아름답게 꾸

미려 해서는 안 된다. 문체는 사상의 실루엣에 지나지 않는다. 문장이 불명료하고 조잡한 것은 생각이 뒤죽박죽이고 흐릿하기 때문이다.

따라서 누구나 이해되는 좋은 문체를 가지려면 '무언가 말할 것이 있어야 한다'는 사실이다. 이것저것 짜깁기를 한 사상이 아니라 자기만의 사상을 소유해야 한다.

사이비 철학자들의 문장에서 나타나는 공통적인 특징은 무언가 주장하는 듯 보이지만 주장에 대한 근거를 충분히 밝히지 않는다는 점이다. 그런 자들은 아무것도 말하지 않는 셈이다.

그들은 모호하고 다의적인 문체, 장황하고 둔중하며 딱딱한 문체를 만드는 어머니라 할 수 있다. 홍수처럼 많은 단어로 쓸데없는 말을 길게 늘어뜨리는 경우가 많다. 사상의 빈곤을 은폐하는 문체이다. 이런 문체의 문장은 몇 시간을 읽어도 얻을 게 없다.

19

간결하고 명확한 표현

풍부한 사상을 지닌 훌륭한 문필가는 진정으로 무언가 주장할 것이 있어서 주장한다. 그는 꾸밈없는 문장으로 진실을 말하고자 한다. 이것이 독자로부터 신뢰를 얻는다. 그래서 독자는 인내심을 가지고 그의 말을 주의 깊게 따라간다. 그런 문필가는 자신의 주장을 누구나 이해할 수 있게 간결하고도 명확한 방식으로 표현한다. 그에게는 자신이 지닌 사상을 독자의 마음속에서도 일깨우는 것이 중요하기 때문이다.

그러므로 그런 작가는 프랑스의 시인이자 문학평론가인

부알로Nicolas Boileau, 1636~1711의 다음과 같은 주장에 힘을 얻을 것이다. "나의 사상은 늘 한낮에 그 모습을 드러내고, 나의 시는, 좋든 나쁘든 늘 무언가를 말한다."

반면에 사이비 철학자들에 대해서는 "말이 많은 자는 결국 아무것도 말하지 않는다"라는 부알로의 주장이 적용된다.

그들은 자신의 주장이 궁지에 몰릴 경우를 대비해 명확한 표현을 쓰지 않는다. 그들은 독자가 쉽게 이해할 수 없는 추상적 표현을 즐겨 쓴다.

반면에 사물을 헤아리는 능력을 갖춘 사람들은 좀 더 구체적인 표현을 써서 사물을 일목요연하게 설명한다. 구체성이 모든 명증성의 근원이다.

20

위대한 작품의 특징

　평범한 작가들이 쓴 저작물이 지루하게 느껴지는 것은 어떤 이유일까. 그들은 구체성이 없는 흐리멍덩한 말을 즐겨 쓰기 때문이다. 즉 자신이 사용한 언어의 의미를 스스로 명확하게 이해하지 못하는 것이다. 그들은 그러한 말을 완성된 형태로 받아들여 짜 맞추기 때문이다. 그들에게는 사상을 만들어내는 데 꼭 필요한 틀, 즉 자신만의 명료한 사고가 없어서 자신의 사상을 명확하게 표현할 수 없는 것이다. 그들의 글에서는 불확실하고 모호한 단어의 짜깁기, 복잡한 구조의 문장, 진부하고 상투적인 언어, 유행어 등이 나타난다.

알맞은 표현, 독창적인 표현법, 적절한 관용구는 의복과 같다. 그것들이 새로운 것이면 반짝이며 빛을 내고 큰 효과를 준다. 하지만 다들 얼마 지나지 않아 곧 진부하고 빛이 바래는 것을 택함으로써, 결국 아무런 효과를 거두지 못한다. 그 결과 그들의 글은 닳아 빠진 활자로 찍은 인쇄물과 같다.

반면에 위대한 정신을 갖춘 사람들의 작품에서는 진실한 언어로 우리에게 말을 걸어오는 느낌이 든다. 그 때문은 그들은 우리의 정신을 북돋워서 높이고 즐겁게 한다. 그들은 하나하나의 언어를 목적에 맞게 선택하여 조합할 수 있다. 그러므로 위대한 정신을 갖춘 작가들과 사이비 작가들의 작품을 비교해 보면 실제로 손을 써서 그린 그림과 형틀로 찍은 그림처럼 뚜렷한 차이를 발견하게 된다.

위대한 정신을 갖춘 작가의 문장에는 화가의 붓칠처럼 특별한 의도가 담겨 있다. 반면에 평범한 두뇌의 소유자들이 쓴 저작물의 언어와 문장을 살펴보면 모든 것이 기계적으로 짜여 있는 느낌이다. 이런 자들의 글은 틀에 박은 듯

천편일률적이다. 다시 말해 현재 유행하고 있는 식상한 표현법과 상투어로 이루어져 있다. 그들은 자기만의 생각이 없기에 그런 표현을 끌어다 쓰는 것이다.

우월한 두뇌의 소유자는 특별한 의미 전달을 위해 특별히 모든 관용구를 만들어낸다. 그 같은 차이는 음악에서도 발견된다. 천재의 작품은 어느 부분에서나 그들의 정신세계가 감지되며, 이것이 천재 작품의 형식을 특징짓는다.

21

지루한 글의 원인

어떤 저작물 때문에 독자가 느끼는 지루함에는 객관적인 것과 주관적인 것이 있다.

객관적인 지루함은 무엇에 대한 인식이 전혀 없거나 전달할 사상이 명료하지 않을 때 생겨난다. 사상이 명료하고 풍부한 작가는 개념을 명확히 표현하여 전달한다. 따라서 내용이 장황하지도 않고 독자를 혼란스럽게 하지도 않기에 지루하지 않다. 만일 그의 기본 사상에 약간의 오류가 있어도 그것은 작가의 고유한 사고를 거쳐 얻어진 결과이므로 적어도 형식적인 면에서 나름의 가치가 있다. 그러나 객관적인 지루함은 기본 사상인 내용과 형식 모두에서 오류 때문에 생기므로 언제나 무가치하다.

반면에 주관적인 지루함은 객관적인 지루함과 달리 단순히 상대적인 지루함이다. 독자가 저자의 주장에 아무런 관심도 없는 데서 생긴다. 이는 독자의 관심이 협소해서 생기는 현상이다. 그 때문에 탁월한 사상이라도 어떤 글이든 독자에 따라 지루함을 느낄 수 있다. 반대로 저급한 사상이나 형편없는 글이라도 주관적인 생각에 따라 흥미를 끌 수 있다. 독자는 특정 주제나 특정 저자에 주관적으로 흥미를 느낄 수 있다.

위대한 정신의 소유자처럼 사고하는 것이 바람직하지만 누구나 이해할 수 있는 언어로 말하고 표현하는 것이 중요하다. 평범한 언어로 비범한 사상을 말할 수 있는 작가가 능력 있는 작가다.

그러나 많은 저술가가 그 반대의 방법을 선택한다. 다시 말해 이들은 시시한 개념을 고상한 언어로 포장하고, 매우 평범한 사상을 멋 부리려고 기묘한 표현과 가식적인 상투어를 써가며 치장한다. 그들의 문장은 끊임없이 거들먹거리며 뒤뚱뒤뚱 걸어가는 모습과 흡사하다. 호언장담, 허풍 떨고 거만하고 멋 부리는 과장된 표현, 이런 식의 문체를 좋아하는 것이다.

예를 들어 프랑스의 'style empesé'(뻣뻣한 문체) 언어는 독일 어에서 정확히 어울리는 표현이 없는데도, 많은 작가들이 그런 외래어를 가져다 자신의 문장에 멋대로 쓰고 있다. 자신의 문장에 위엄이 갖춰진다고 생각하는 것이다. 책에서 한껏 멋 부린 문체는 사교계에서 신분을 감추고 허세를 부리는 거와 같다. 모르는 체하고 그대로 넘길 수 없는 일이다. 작가의 정신이 빈곤하면 그런 문체로 나타나는 것이다.

이렇듯 글에 멋을 부리는 사람은 자신의 비천한 신분을 숨기려고 어울리지도 않는 의상으로 치장하는 것과 마찬가지이다. 진정한 신사는 아무리 값싼 복장을 하고 다녀도 누구 하나 시비 걸지 않는다.

그럼에도 평소에 말하는 투로 글을 쓰려고 하는 것은 잘못된 방식이다. 모든 문어체는 비문碑文에 새겨진 문체와 같은 모습을 어느 만큼 유지해야 한다. 비문에 새겨진 문체야말로 모든 문체의 조상이기 때문이다. 반대로 글을 쓰듯 말

하려는 것도 잘못된 방식이다. 그럴 경우 현학적인 동시에

이해하기 어려울 것이기 때문이다.

22

명료한 전달력

모호한 표현과 명료하지 않은 문장은 정신의 빈곤을 드러낸 것이다. 이러한 현상은 거의 모두 사상이 불명확하기 때문이며, 사상이 불명확한 것은 언제나 기본 사상의 모순, 오류에서 비롯된다.

어떤 사람의 머릿속에 어떤 올바른 사상이 떠오르면, 그는 즉시 그것에 대해 명료화를 시도하는데, 명료하게 생각한 결과가 적절한 표현과 문체로 이어진다. 인간이 스스로 사고한 것은 언제나 명료하게 전달할 수 있고, 쉽고 명확한 언어로 표현할 수 있다. 다시 말해 문장이 난해하고 모호하고 복잡하다는 것은 그 문장을 조립한 작가 자신부터 무슨 말을 하려는지 모르겠다는 것이고, 그제야 막연히 사상의 기본 틀을 생각만 할 뿐이다. 그러기 때문에 그들은 아무것도 말할 게 없다는 사실을 자기 자신뿐만 아니라 타인에게도 숨기려 한다. 그들은 피히테와 셸링, 헤겔처럼 스스로 생각해내지 못한 것을 생각하는 척하려고 한다.

명료하게 전달할 내용이 있는 자가 불명료하게 말하려 애쓰겠는가? 로마제국의 수사학자 퀸틸리아누스Marcus Fabius Quintilianus, 35?~100?는 이미 이렇게 말했다. "학식이 풍부한 사람일수록 쉽고 명료하게 말하고, 학식이 부족한 사람일수록 더욱 어렵게 말한다."

이와 마찬가지로 알쏭달쏭한 표현을 삼가야 하며, 자신이 무엇을 주장하려는지, 또는 주장과 다른 것은 무엇인지 알아야 한다.

어떤 의미 있는 시도도 정도가 지나치면 처음 목표로 한 것과 반대되는 결과를 불러오기 마련이다. 이처럼 언어 역시 사상을 이해하기 쉽게 하는 데 도움을 주지만, 그 효용도 어느 정도까지만 기대할 수 있다. 즉 표현에 적절한 한계를 넘어 언어를 사용하다 보면 그 언어가 정작 전달해야 할 사상을 모호하게 만들 수 있다. 이러한 한계를 분명히 인식하는 것이야말로 문체의 문제이며 판단력의 척도라고 할 수 있다.

이런 의미에서 볼테르François-Marie Arouet, 1694~1778는 "형용사는 명사의 적이다"라고 말한다. 하지만 장황한 표현으로 사상의 빈곤을 은폐하려는 저술가가 많다는 것이 문제다.

23

독자의 시간을 낭비하지 말라

저술가는 독자의 읽는 수고와 시간, 인내력을 낭비하게 해서는 안 된다. 그래야 그의 글은 주의 깊게 읽을 가치를 인정받아 독자의 신뢰를 얻는다. 독자는 수고하며 읽는 보람이 있을 것이다. 무의미한 문장을 자꾸 덧대느니 차라리 좋은 문장이라도 문맥에 맞지 않으면 과감히 잘라내는 것이 훨씬 낫다. "절반이 전체보다 낫다"라는 고대 그리스의 서사시인 헤시오도스Hēsíodos의 격언은 그런 경우를 두고 하는 말이다.

작가가 모든 것을 다 말할 필요는 없다. 볼테르는 《인간론》에서 "독자를 지루하게 만드는 비결은 모든 것을 다 말해 버리는 데 있다"고 했다. 그러므로 될 수 있는 한 문제의 핵심과 중요한 부분만 서술하고 독자 스스로 생각할 수 있는 것은 언급하지 말아야 한다.

얼마 안 되는 기본 사상을 전달하기 위해 말을 길게 늘어뜨려 장황한 표현을 일삼는 것은 스스로 평범함을 드러내는 징표이다. 반면에 탁월한 작가들은 많은 사상을 될수록 적은 언어로 전달한다.

24

단순함과 소박함

    진리는 간결하게 표현될수록 아름답고, 그것이 주는 인상은 더욱 심오하다. 그 이유는 첫째, 그래야 진리는 독자의 마음을 온전히 사로잡을 수 있기 때문이다. 둘째, 그래야 독자가 수사적 기교에 기만당하지 않고, 독서의 효과는 그런 것에서 시작된다고 신뢰하기 때문이다. 예를 들어 인간의 존재는 덧없다는 진리에 대하여 어떤 열변이 다음과 같은 《욥기》의 말보다 더 깊은 인상을 줄 수 있겠는가. "여인에게서 태어난 사람은 생애가 짧고 걱정이 가득하며, 그는 꽃과 같이 자라나서 시들며 그림자 같이 지나가며 머물지 아니하거늘."

괴테의 소박한 시가 실러Johann Christoph Friedrich von Schiller, 1759~1805의 수사적인 시보다 월등히 높은 평가를 받는 것도 그 때문이다. 또 각국의 민요가 자국민에게 오래도록 영향을 미치는 것도 그 때문이다. 건축술에서 지나친 장식을 삼가듯, 언어 예술에서도 불필요한 수사적 장식과 부연, 과잉 표현을 삼가야 한다. 그 대신에 정갈한 문체를 갖추는 데 노력해야 한다. 문장에 필요 없는 덧칠을 할수록 사상의 본질은 모호해질 뿐이다. 문체의 소박함은 진리의 숭고함과도 화합한다. 단순함과 소박함의 법칙은 모든 언어 예술에 적용된다.

일반적으로 예술에서 모든 형식은 자신을 감추고 내용 없는 말을 받아들인다. 정신이 빈곤할수록 내용이 없고, 내용이 없으므로 문체는 과장과 허식, 우월하다거나 고상한 척하려는 어조, 수백 개의 언어 형식으로 조립돼 자신을 은폐한다. 소박함의 미덕을 잃거나 포기하는 것은 세상에 드러날 자신의 맨 모습이 두렵기 때문이다. 좋은 두뇌의 저술가조차도 소박함을 섣불리 내밀어서는 안 된다. 자칫 무미건조하고 메마른 문체의 모습으로 비칠지도 모르기 때문이다. 언제나 맨 모습이 아름다움의 예복이듯 소박함은 어디까지나 천재의 예복이다.

표현에서 간결함을 추구해야 하는 이유는 말할 가치가 있는 것만 말하는 데 그 본질이 있다.

누구나 생각할 수 있는 뻔한 내용을 장황하게 설명해서는 안 된다. 그러기 위해서는 책에 담을 꼭 필요한 내용과 불필요한 내용을 올바르게 구별할 수 있어야 한다. 그렇다고 해서 정상적인 문법까지 간결하게 사용해야 한다는 말은 아니다. 단어 몇 개를 줄이기 위해 표현을 약화하거나 문장의 뜻을 모호하게 하는 것은 바보 같은 짓이다. 바로 이것이 잘못된 간결함이다. 이 같은 방식의 간결함은 자칫 문법적으로나 논리적으로 꼭 필요한 부분까지 버리는 잘못을 저지를 수 있다. 엉터리 저술가들이 그런 잘못된 간결함에 사로잡혀 있다.

25

생각은 중력의 법칙을 따른다

    문학 읽기가 쇠퇴하고 고전어가 소외당하는 오늘날, 문체의 결점이 흔해지고 있다. 이 결점은 '주관적인 성격'을 띠고 있다. 여기서 주관적이라는 의미는 작가의 문장은 오직 그것을 만들어낸 작가만이 온전히 이해할 수 있고, 작가만이 만족할 수 있다는 의미이다. 독자 스스로 문장의 배후에 숨어 있는 의미를 알아내라는 식이다. 독자에게 이해를 종용하는 작가는 독백을 읊듯 독자를 의식하지 않고 자신의 글을 쓴다.

    하지만 작가는 독자와 대화하듯 글을 써야 마땅하다. 더

구나 독자가 작가에게 질문할 수 없는 만큼 그럴수록 일방적으로 말하는 식이 되어서는 안 되고, 자기 사상을 더욱 명료하게 표현해야 한다. 그러므로 주관적인 문체를 삼가고, 객관적인 문체를 지향해야 한다. 이를 위해서는 작가가 생각하고 있는 것을 독자도 똑같이 생각하지 않을 수 없게끔 문장력을 기르는 것이 중요하다.

생각은 중력의 법칙을 따른다. 작가는 이 점을 명심해야 문장력을 기를 수 있다. 머릿속 생각을 종이에 옮기는 것이 종이에 쓰인 것을 머릿속에 옮기기보다 훨씬 쉽다. 이런 법칙에 따라 만들어진 문장은 화가의 손에 의해 완성된 유화처럼 객관적으로 작용하게 된다. 반면에 주관적인 문체는 벽에 생긴 얼룩과 같아 무엇이 진짜 형상인지 모호해진다. 상상력이 풍부한 사람은 얼룩에서도 작가가 의도한 형상을 볼 수 있겠지만, 그렇지 않은 사람은 그저 얼룩만 바라볼 뿐이다. 이처럼 표현은 주관적이냐 객관적이냐에 따라 달리 작용한다.

이와 같은 차이는 모든 서술 방식에 적용되는데, 내가 개별적으로 증명할 수 있다. 예를 들어 내가 읽은 신간에서 다음과 같은 문장을 발견했다. "세상에는 나날이 많은 책이 쏟아져나오는데, 내가 책의 양을 더욱 증가시키기 위해 이 책을 쓴 것은 아니다." 이 말은 책을 선택하는 독자의 의도와는 전혀 상관없는 말이고, 게다가 쓸데없는 말에 불과하다.

26

성의 없는 문체의 글, 즉각 내던져라

진정성 있는 사람은 자신의 사상에 큰 가치를 부여한다. 하지만 진정성 없이 글을 쓴 사람은 자신의 사상이 빈곤하다는 것을 시인하는 것과 마찬가지다. 자신의 사상이 진리를 담고 있다는 확신이 든다면 감격스러운 마음이 솟구치기 때문이다. 이런 감정은 신성한 물건이나 귀중한 예술품, 금이나 은 등으로 만들어진 진귀한 그릇을 감상할 때 느낄 수 있는 기쁨이다.

자신의 글을 통해 그런 감격을 누리려면 자신의 사상을 누구나 이해할 수 있도록 가장 명료하고, 간결하고도 힘 있는 표현 방식을 갖춰야 한다.

따라서 고전 작가Klassiker들의 주도면밀한 작풍을 거울삼아 볼 수 있다. 예를 들어 플라톤은 자신의 저서 《국가》를 쓸 때 일곱 번이나 개작하여 완성했다고 한다.

반면에 독일인은 양복을 무성의하게 입고 다니듯 문체에도 정성이 없어 보인다. 이 두 가지는 독일인의 국민성이다. 하지만 복장을 소홀히 하는 행위를 넘어 무성의한 날림 문체로 글을 쓰는 행위는 독자에 대한 모독이다. 그럴 경우 독자는 당연히 그의 글을 읽지 않음으로써 그를 처벌한다.

그런데 재미있는 현상은 그런 무성의한 문체의 책들이 비평가들의 손에 의해 살아나 고전으로 대접받는다는 것이다. 이는 판사가 모닝 가운 차림에 슬리퍼를 신고 피고 앞에서 재판하는 광경과 비슷하다. 반면에 영국이나 프랑스의 비평가들은 이해관계에 얽매이지 않고 주도면밀하게 평론을 발표하고 있다.

상대방을 무시하는 듯한 더러운 옷차림의 사람과 이야기를 나누고 싶은 사람은 없다. 마찬가지로 성의 없는 문체로 쓰인 글을 보게 된다면 즉각 그 책을 내던져야 할 것이다.

27

건물 설계도와 같은 책

건물 설계도를 미리 작성한 후 설계도에 따라 세부적인 것들을 완성해 가는 건축가가 드물 듯이 한 권의 책을 명료한 사상과 표현 구조로 완성해 가는 작가도 드물다.

작가들 대부분은 도미노 놀이하듯 글을 쓴다. 다시 말해 도미노 타일을 세울 때 때로는 의식적으로, 때로는 우연에 기대어 세우듯 글을 쓴다. 문장의 순서와 맥락도 그와 마찬가지로 한다면 작가는 문장의 전체 형태가 어떻게 될지, 전체 표현 구조를 어떻게 만들어가야 할지 잘 알지 못할 것이다.

그런데 많은 작가가 이런 현상을 깨닫지 못하고, 산호충이 집을 짓듯이 글을 쓴다. 더구나 오늘날의 생활은 그 템포가 과거에 비해 대단히 빠른 속도로 돌아가고 있다. 문학에서 빠른 속도에 매몰되면 극단적 불성실함으로 드러나기 마련이다.

28

독자의 주의력을 끌라

문장론의 원칙 중 으뜸으로 알아야 할 것이 있다. 인간은 한 번에 한 가지 생각만 명료하게 할 수 있다. 그러니 독자에게 여러 가지를 한꺼번에 생각하도록 강요해서는 안 된다. 그런데 독자에게 이런 무리한 요구를 강요하는 작가들이 있다. 그들은 본문 하단의 주석처럼 텍스트를 설명하기 위한 용도의 삽입문을 잘게 잘라 본문 문장에 끼워 넣음으로써 독자를 쓸데없이 혼란스럽게 만든다. 오늘날 유명하다는 저술가 대다수가 이런 유치한 방법을 쓰고 있다.

독일어는 다른 유럽어에 비해 이런 방법을 쓰는 데 적합하기에 독일 작가들이 이처럼 멋대로 글을 쓴다. 그렇다고 해서 비난할 근거는 없다. 그렇다고 칭찬받을 만한 행위도 아니다. 프랑스어로 쓰인 산문은 읽기에 수월하다. 프랑스어는 그 같은 잘못된 문장 쓰기가 용납되지 않게 만들어졌기 때문이다. 프랑스인은 자신이 생각한 내용을 자연스럽게 논리적인 질서로 나열시켜 제시함으로써 독자가 어렵지 않게 생각하도록 해준다. 이로써 독자는 작가의 생각 하나하나에 관심을 집중할 수 있게 된다.

독일인은 이와 반대로 필요 없는 내용을 추가해 가뜩이나 복잡한 문장을 더욱 난해하게 만든다. 하나의 주장을 차례로 제시하지 않고 대여섯 개의 주장을 한꺼번에 뒤섞어 표현하려 하기 때문이다. 대여섯 개의 주장을 한꺼번에 표현하려 들지 말고, 그대들이 전달하려는 것을 차례로 표현하라! 그래야 독자의 주의력을 끌 수 있다.

독자의 주의력에 한계가 있는데, 서로 다른 내용의 여러 가지 주장을 독자에게 쏟아붓는 것은 생각을 강요하는 폭력이다. 이 때문에 건조하고 딱딱한 독일어 문체가 생겨났으며, 극히 단순한 내용을 전달하는 데도 복잡한 표현이나 멋 부리는 기교가 필요하게 된 것이다.

독일인의 민족성은 둔중함이다. 이런 점은 몸가짐, 행동거지, 언어와 말, 대화, 이해하는 방식과 생각하는 수단 등에서 나타나는데, 둔중함은 특히 문체에서 두드러진다. 독일인은 길게 장황하고 복잡한 문장을 쓰면서 흡족해한다. 뭐가 뭔지 알 수 없는 이들의 복합문장을 5분 정도는 인내심을 갖고 읽어야 끝에 가서 수수께끼를 풀게 된다. 그들은 이 점에 대해 우쭐한다. 그들은 잔뜩 멋 부리고 과장된 문체, 허세와 위엄을 과시하는 데 탐닉하고 있다. 그러면서 독자에게는 참을성을 요구한다.

29

분석적 판단

논리학에서는 좋은 문장을 쓰기 위한 조건으로 분석적 판단이 선행돼야 한다고 말한다. 그러나 분석적 판단은 아둔한 느낌을 준다. 어떤 개념에 내포된 속성에서 하나를 끄집어내어 그 개체가 속성을 지니고 있다고 부연 설명할 때 두드러지게 나타난다. 예를 들어 뿔 달린 황소라든지, 환자를 치료하는 일에 종사하는 의사라든지 하는 설명이 그러하다. 따라서 분석적 판단은 설명이나 정의가 필요한 경우에만 사용해야 한다.

비유의 기능

비유比喩는 유추類推, analogy를 바탕으로, 이해하고자 하는 미지未知의 언어를 기지既知의 언어로 이동시키거나 변화시키는 표현법이다. 다시 말해 독자가 잘 알지 못하는 것을 더욱 쉽게 이해시키거나, 작가의 감정이나 기분을 독자에게 그대로 전달하기 위해 어떤 사물을 다른 사물에 빗대어 표현하는 기법이다.

우화寓話나 우의寓意 기법 역시 비유의 일종으로 어떤 관계를 가장 간단하고 구체적이며 알기 쉬운 서술로 환원시키는 표현법이다.

모든 개념은 기본적으로 비유에서 출발해 형성된다. 여러 가지 사물에서 서로 비슷한 성질을 파악하고 비슷하지 않은 성질은 제외함으로써 개념 형성이 이루어지기 때문이다. 개념 이해란 결국 사물과 사물 간의 관계를 파악하는 것이다.

서로 다른 성질이나 이질적인 사물들 사이에서 같은 성질 또는 같은 관계를 인식하게 되면 우리는 그만큼 전체 관계를 분명하게 파악할 수 있다. 다시 말해 내가 어떤 사물의 성질을 각각의 경우에만 존재하는 것으로 알고 있는 한 그와 같은 개별적인 성질에 대해 직관적인 인식만 가능하다. 하지만 내가 두 가지 상반된 성질의 사물에서 공통점을 파악하는 즉시 그와 같은 성질의 모든 종류에 대한 개념을 갖게 되고, 완전한 인식을 하게 된다.

이처럼 비유는 인식을 위한 지렛대다. 그러므로 작가가 놀랍고도 적절한 비유를 생각해내는 것은 그의 지성이 깊다는 증거다. 아리스토텔레스Aristoteles 기원전 384~322도 일찍이 이런 말을 했다.

"비유를 생각해내는 것이 무엇보다 가장 위대한 일이다. 비유만은 타인에게서 배울 수 없으며, 비유는 천재성의 징표이기 때문이다. 좋은 비유를 들기 위해서는 같은 성질을 인식하는 것이 필요하기 때문이다."

- 《시학》

이밖에도 그는 비유에 대해 다음과 같이 말했다.

"철학에서도 확연히 다른 사물에서조차 같은 성질을 발견하는 것은 명민함의 징표다."

- 《수사학》

31

언어의 규칙

언어는 일종의 예술품이므로 객관적인 규칙을 따라야 하며, 창작 의도에 부합해야 한다. 어떤 문장이든 독자를 배려해야 하며, 객관적인 내용으로서 실제로 증명될 수 있어야 한다.

언어를 단순히 주관적으로 받아들여, 자신의 의도를 독자도 이해할 거라 기대하며 규칙을 무시하고 대충 표현해서는 안 된다. 격을 무시하고, 과거 시제를 모두 미완료 과거로 표현하고, 접미사를 생략하는 저술가들은 언어를 주관적으로 사용하는 자다.

동사의 시칭과 화법, 명사와 형용사의 격을 고안하고 구별한 우리의 선조들과 이 모든 것을 무시하는 엉터리 작가들의 차이는 너무나 현격하다. 그들은 선조들이 고안해낸 문법을 버리고, 자신에게 알맞은 모호한 은어를 후세에 남기려고 한다. 이들은 모두 정신이 파탄한 매문업자賣文業者들이다.

신문 기자들로부터 시작된 언어 파괴는 엉터리 작가들의 추종을 받으며 모방으로 확산했다.

3장

독서와 책에 대하여

1

무지와 욕구

무지가 부富와 만났을 때 인간의 품격도 떨어진다. 가난한 사람은 자신의 가난과 궁핍에 길들여진다. 가난한 자에겐 성과가 지식을 대신하므로 그는 성과를 내겠다는 생각에만 몰두한다. 반면에 무지한 부자들은 오로지 자신의 욕구와 욕망에 따라 살아가므로 짐승과도 같다. 이런 사실은 매일같이 볼 수 있다. 그런 부자들은 인간이 가장 큰 가치를 부여하는 것에 자신의 시간과 돈을 쓰지 않는다. 이는 비난받아도 마땅하다.

2

되새기며 읽기

독서란 타인이 생각한 것을 빌려 쓰는 것에 불과하다. 다시 말해 작가의 마음에서 일어난 과정을 따라가는 것이다. 그것은 학생이 글쓰기를 배울 때 선생이 연필로 그려준 선을 따라 펜을 움직이는 것과 같다. 그렇게 책을 읽으면 우리는 생각을 거의 하지 않는다. 독자적 사고를 하다가 책을 읽으면 마음이 한결 가벼워지는 것은 바로 그 때문이다.

책을 읽는 동안에 우리의 머리는 타인의 생각이 뛰어노는 놀이터일 뿐이다. 그런데 이런 생각이 물러나면 무엇이 남을까? 그러니까 거의 하루 종일 독서로 시간을 보내는 사람은 독자적 사고를 할 능력을 점차 상실한다. 그것은 마치 늘 탈 것에 의존하는 사람이 결국 걷는 법을 잊어버리게 되는 것과 마찬가지다. 그런데 이런 일이 많은 학자에게서 일어나고 있다. 그들은 지나친 다독으로 바보가 된 것이다. 틈날 때마다 책을 읽는 습관은 수작업을 계속하는 생활보다 정신을 마비시키기 때문이다. 혼자만의 사유와 사색의 시간을 상실하는 것이다.

수작업할 때는 자신의 생각에 몰두할 수 있다. 용수철이 계속해서 압력을 받으면 탄력을 잃듯, 독서로 다른 사람의 생각을 끊임없이 주입받으면 자신의 정신도 탄력을 잃고 만다. 음식을 지나치게 섭취하면 위를 망가뜨려 몸 전체의 건강이 나빠지는 것처럼, 독서로 지적 자양분을 지나치게 섭취하면 정신도 질식해 버린다.

책을 많이 읽을수록 읽은 내용은 정신에 그만큼 적게 남는다. 새로 읽은 것이 많아질수록 이전에 읽은 것은 더 빨리 잊어버릴 뿐이다. 음식을 먹으면 소화해야 하는 것처럼 책도 내용을 되새겨 읽어야만 자기 것으로 된다.

그러나 끊임없이 읽기만 하고 나중에 그것을 계속 생각

하지 않으면 읽은 것은 뿌리를 내리지 못하고 대부분 사그라진다. 정신의 양식도 육체의 양식과 마찬가지로 섭취한 양의 50분의 1쯤만 흡수되고, 그 나머지는 증발이나 호흡, 또는 그 밖의 일로 없어진다.

이러한 모든 사실 외에도 종이 위에 적힌 생각은 모래에 남겨진 발자국과 같다. 발자국의 주인이 걸어간 길은 알 수 있지만, 그가 길을 걸으며 무엇을 보고 무엇을 생각했는지는 알 수 없다. 그가 보고 생각한 것을 알기 위해서는 자기 자신의 눈을 사용해야 한다.

3

작가적 재능을 깨워라

저술가에게는 설득력, 풍부한 상상력, 다양한 비유 능력, 비교의 재능, 표현의 대담성이나 날카로움, 명확함이나 우아함, 표현의 경쾌함, 그리고 기지, 대조의 기법, 간결한 표현과 소박함 등의 재능이 있다.

그런데 이런 재능을 지닌 저술가의 책을 읽는다고 해서 우리가 그와 똑같이 되는 것은 아니다. 그러나 우리가 그런 재능을 소질로 지니고 있다면 독서를 통해 그와 같은 재능을 불러일으켜 뭐든지 할 수 있다. 또한 그런 재능을 사용해 보려는 용기를 얻고 그 사용 효과를 판단해서 올바른 사용법을 익힐 수 있다. 이렇게 하면 우리는 그런 재능을 실제로 지닐 수 있다. 책을 읽으며 글 쓰는 법을 배우려면 이런 방식이 좋다.

다시 말해 독서는 우리 자신이 지닌 천부적 재능의 사용법을 가르쳐 주는데, 다만 자신에게 이미 천부적 재능이 있어야 한다. 반면에 이런 재능이 없다면 우리는 독서를 통해 쓸모없는 수법이나 습관만 익혀 한낱 모방자가 될 뿐이다.

4

도서관 서가

지구의 지층은 지난 세기의 생물체들을 보존하고 있듯이 도서관의 서가에도 과거의 잘못된 학설들이 차례로 보존돼 있다. 이런 글도 지난 세기의 생물체와 마찬가지로 그 시대에는 크게 주목받고 떠들썩했지만, 지금은 화석으로 변해 문헌 연구자만이 살펴볼 뿐이다.

5

책의 운명

(고대 그리스의 역사가 헤로도토스에 따르면) 페르시아의 대왕 크세르크세스는 셀 수 없이 많은 자신의 대군을 바라보면서 눈물을 흘렸다고 한다. 100년 후에는 이들 병사 중 누구 한 사람도 살아남지 못한다는 생각에 그만 인생무상을 느꼈기 때문이다.

두꺼운 도서 목록을 바라보면서 10년만 지나도 이들 책 중 읽힐 책이 단 한 권도 없을 거란 생각이 들면 누군들 눈물이 나지 않겠는가.

6

읽어야 할 책과 읽지 말아야 할 책

문학의 세계도 인생과 그리 다르지 않다. 어디로 눈을 돌리든 인간쓰레기들을 만날 수 있다. 이들은 어디서든 존재하며, 여름철 파리떼처럼 무리 지어 온갖 것을 더럽힌다. 그 때문에 많은 악서惡書들이 무성한 잡초처럼 생겨나 문학계의 양분을 빼앗고 질식시킨다. 이러한 악서들은 단지 돈이나 지위를 얻으려고 쓰인 것인데도, 양서는 물론이거니와 독자의 시간과 돈, 책을 읽는 데 쓰여야 할 주의력을 빼앗아 간다. 그러므로 독자의 눈과 정신을 흐리게 하는 악서는 절대적으로 해롭다. 현재 독일의 저작물 중 10분의 9는 독자의 주머니에서 돈을 빼내려는 목적밖에 없다. 이런 목적을 위해 손을 맞잡는 저자와 출판인, 비평가들이 있다.

빵이 목적인 문필가들이 참된 교양이 아니라 상류 사회 사람들을 고삐로 삼아 글을 읽도록 하는 데 성공한 것은 교활한 짓이긴 해도 눈부신 발전이다. 상류 사회에 속하는 사람들은 사교 모임에 써먹을 교양 있어 보이는 대화 소재를 찾으려고 언제나 최신 저작을 읽는다. 그런데 이들이 주로 찾는 작품은 질 낮은 통속소설이나 이와 비슷한 작품들이다.

그러나 이로 인해 일반 독자의 지적 능력과 수준도 동반 하락하고 있다. 이들 중 대다수가 오직 돈을 벌기 위해 글을 쓰는 평범한 작가들의 최신작을 읽어야만 상류층이 될 수 있다고 생각한다. 그 대신 동서고금에 걸쳐 위대한 작가가 쓴 작품들은 이름만 남긴 채 먼지를 뒤집어쓰고 있다. 특히 미학적 감각이 있는 독자는 참된 예술 작품을 읽어서 자신의 교양을 높여야 하는데, 이들의 귀한 시간이 평범한 작가들의 졸작에 허비되는 것이다. 그런 졸작을 생각해내고 양산되게 만드는 곳이 바로 통속적인 일간 신문들이다.

사람들은 시대를 막론한 최고의 작품보다 늘 최신 작품을 읽기 때문에 저술가들은 늘 최근에 유행하고 있는 이념의 범위에 갇혀 있고, 최고의 작품은 그 시대에 파묻혀 있다.

그 때문에 읽어야 할 책과 읽지 말아야 할 책을 구분하는 눈이 필요하다. 우선 많은 사람의 관심을 끌어 경쟁적으로 읽게 되는 책들을 손에 쥐지 말아야 한다. 예컨대 독서계에 파란을 일으키며 인기를 끄는 통속소설, 한 해에 몇 판 찍고 마는 정치나 문학 팸플릿, 삼류 시 등을 되도록 읽지 않아야 한다. 모든 시대와 민족을 막론하고 위대한 정신을 소유한 자로서 그 자체로 명성이 자자한 작가가 쓴 작품만 읽도록 하라. 이런 작품만이 우리를 가르치고 교양을 높여준다.

저급한 악서는 손에 잘 잡히고 양서는 오히려 자주 읽지 못하는 법이다. 악서는 정신을 파멸시키는 독약이다. 양서를 읽기 위한 조건은 악서를 읽지 않는 것이다. 인생은 짧고 시간과 힘은 한정되어 있기 때문이다.

7

참된 고전 읽기

위대한 고전 작품을 해설한 책들은 꾸준히 발간되고 있다. 독자는 이런 책은 읽지만, 그 시대 작가가 직접 쓴 책, 즉 원전은 잘 읽지 않는다. 독자는 새로 나온 책만 읽으려는 경향이 있다. 유유상종이라는 말이 있듯이, 위대한 정신을 품은 책보다 통속소설이나 유행하는 자기계발서가 독자의 구미에는 맞아떨어져서다.

그러나 나는 이미 청춘 시절에 슐레겔August Wilhelm von Schlegel, 1767~1845의 멋진 경구를 만났고, 그때부터 그의 통찰을 본받기로 했다.

열심히 고전을 읽어라, 진정으로 참되 고전을!

새로 나온 책은 그다지 중요하지 않으니.

- 《고대 연구》

오, 어떤 평범한 인간은 다른 평범한 작가를 어쩌면 그다지도 닮았단 말인가! 저 두 부류는 어떻게 하나의 틀에서 만들어진 형상이란 말인가! 저들은 비슷한 시기에 서로 다른 생각도 없이 같은 이념과 사상을 주입하거나 공유한다. 그러기에 저들은 저급한 개인적 의도를 지니고 있다. 그런데 어리석은 독자들은 새로 나온 책이라며 보잘것없는 책을 읽으면서도, 위대한 정신을 지닌 사람이 쓴 고전은 책장 구석에 처박아둔다.

어느 시대 어느 나라에나 고귀한 정신을 가진 탁월한 작가들이 있다. 그런 작가가 쓴 작품을 거들떠보지도 않는 독자의 어리석음은 믿을 수 없을 정도다. 그 대신 독자들은 매일같이 쏟아져나오는 졸작을 읽으려 한다. 갓 인쇄되어 잉크도 채 마르지 않았다는 이유도 있다. 그러나 이런 졸작은 몇 해만 지나도 쓰레기로 전락하고 비웃음을 살 뿐이다.

8

영원한 작품

어느 시대나 독자에게 교양의 자양분을 선사하는 참된 저작물이 있고, 겉보기에만 그럴듯한 거짓된 저작물이 있다. 참된 저작물은 영원한 작품이다. 이것은 학문이나 문학의 순수성을 지키며 살아가는 사람들에 의해 쓰인다. 이들은 진지하고 엄숙한 태도로 작품을 쓰되 그 진행은 매우 더디다. 그래서 이런 작품은 한 세기 동안 소수에 불과하고 거의 읽히지 않으나 영원히 존속한다.

반면에 거짓된 저작물은 학문이나 문학을 밥벌이로 삼는 사람들에 의해 쓰인다. 겉보기에만 그럴듯한 이런 작품은 저자들의 허세와 과장된 입소문으로 빠르게 내달린다. 이런 작품은 해마다 수없이 시장에 쏟아져 나온다. 그러나 불과 몇 년 뒤, 사람들은 그 작품들이 모두 어디로 갔고, 그렇게 일찍부터 호들갑을 떨던 명성은 죄다 어찌 되었는지 물을 것이다. 그 때문에 이런 저작물은 한때에 그치는 일시적 저작물이고, 참된 저작물은 영원한 작품이라 부를 수 있다.

9

읽은 것을 내 것으로 만들기

만일 책 읽는 시간도 살 수 있다면 책을 사는 것은 매우 좋은 일이 될 것이다. 하지만 사람들은 책을 사는 행위와 책의 내용을 자기 것으로 만드는 행위를 잘못 알고 있다.

어떤 사람이 지금까지 읽은 내용을 모두 기억하기를 바라는 것은 이제까지 자신이 먹은 것을 배 속에 지니고 있기를 바라는 거와 같다. 육체는 먹은 것을 소화하여 에너지로 만들어야 살 수 있듯이, 정신은 독서로 읽은 내용을 자기 것으로 만들어야 살 수 있다.

하지만 육체가 자신과 동질적인 것을 받아들이듯이 누구

나 자신이 흥미를 느끼는 소재, 다시 말해 자신의 사고 체계나 목적에 맞는 것만 기억하고 싶고, 또 그런 책을 선택할 것이다. 물론 누구에게나 목적은 있다. 하지만 목적이 자신의 사고 체계에 부합하는 경우는 드물다. 이 때문에 객관적인 흥미를 느끼지 못한다. 이런 사람은 읽은 것을 자기 것으로 만들지 못한다.

"반복은 연구의 어머니다"라는 말이 있다. 중요한 책은 즉시 두 번 읽는 게 좋다. 그래야 맥락을 좀 더 잘 파악할 수 있고, 끝의 내용을 알고 있으면 비로소 처음 부분을 제대로 이해할 수 있기 때문이다. 두 번째 읽을 때는 각각의 대목도 처음 읽을 때와는 사뭇 다른 분위기, 다른 인상을 받는다. 그것은 어떤 대상을 다른 각도로 보는 것과 같다.

작품에는 저자가 사유한 정신세계의 본질이 담겨 있다. 그러기 때문에 작품은 저자가 살아온 인생보다 비교할 수 없을 만큼 풍부한 내용을 담고 있고, 그의 인생을 대신한다. 작품은 정신을 훨씬 능가하고 앞지른다. 심지어 평범한 사람이 쓴 저서도 유익하고 읽을 가치가 있을 수 있다. 저서는 작가 정신의 진수이며, 그의 모든 생각과 연구의 결실이기 때문이다. 이와 달리 저자가 살아온 인생은 우리를 만족시킬 수 없다. 그러므로 우리는 그의 인생이나 인간관계에는 만족할 수 없어도 그가 쓴 저서에는 만족을 느낄 수 있다. 따라서 정신적 교양이 높아지면 저자가 아닌 그의 저서에 관심을 집중하게 되고, 독서의 즐거움도 발견할 것이다.

그렇지만 정신의 고양을 위해 고전을 읽는 것보다 나은 청량제는 없다. 하루 단 30분이라도 고전을 읽으면 곧 생기가 넘치고, 정신이 정화되고, 고양되고, 힘이 생기는 기분을 느낄 수 있다. 이것은 고전어가 완전한 언어이기 때문일까? 또는 몇천 년이 지나도 작품이 보전되고 약화되지 않는 작가 정신의 위대함 때문일까? 이 두 가지가 모두 해당할 것이다. 하지만 나는 이 고전어가 언젠가는 사라지게 될까 봐 우려된다. 그렇게 되면 천박하고 보잘것없는 졸작들이 고전을 밀어낼지도 모른다.

이 세계에는 두 가지의 역사가 공존한다. 하나는 정치의 역사, 다른 하나는 문학과 예술의 역사이다. 정치의 역사는 의지가 만들어낸 역사이고, 문학과 예술의 역사는 지성이 만들어낸 역사이다. 정치는 늘 인간에게 불안과 두려움을 일으킨다. 다시 말해 정치사는 말할 수 없는 불안과 곤궁, 사기, 끔찍한 살인으로 점철되어왔다.

　이에 반해 문예사는 잘못된 길을 헤맬 때조차 고독한 지성처럼 행복하다. 문예사의 가장 중심은 철학의 역사이다. 철학사는 다른 역사에까지 울려 퍼져 정신세계의 근원을 이끌어왔다. 다시 말해 세계를 지배하는 것은 정치가 아니라 철학이다. 그러기 때문에 철학은 가장 강력한 권력으로 작용하지만 그 영향은 매우 서서히 나타난다.

10

비극의 문학사에 참된 예술이 있다

    세계사는 50년을 주기로 무엇인가 중요한 사건이 발생해 언제나 이목을 끈다. 이에 반해 문학사는 시간 개념에 구애받지 않는다. 그러므로 문학사에서는 50년 전이나 지금이나 아무 사건이 없더라도 이상할 게 없다.

    이런 현상이 사실인지 인류의 진보를 행성의 궤도와 비교해 생각해 보자. 인류는 눈부신 진보를 보인 후 얼마 안 되어 프톨레마이오스Ptolemaeos가 주장한 주전원epicycle(한 원 위를 따라 중심이 이동하는 원) 같은 미로에 빠져버린다.

프톨레마이오스의 초상, 1584 　　　 프톨레마이오스의 우주, 1584

　　이 주전원에서처럼 인류는 어느 쪽에서 출발하더라도 결국 원래의 출발점으로 되돌아온다. 그렇지만 인류를 행성의 궤도에서처럼 진보하게 하는 위대한 인물은 결코 주전원의 원리에 지배당하지 않는다. 이런 점에서 후세에 명성을 남긴 천재들은 동시대인의 갈채를 받지 못하고, 반대로 현세에 환영받는 자들은 후세에 기억되지 않는 현상이 어떻게 일어나는지 설명된다.

　　예컨대 그와 같은 주전원의 원리를 증명하는 대표적인 사례는 피히테에 의해 도입되고 셸링에 의해 완성된 뒤, 헤겔에 이르러 정점을 찍은 독일 관념론이다.

주전원의 정기적인 궤도는 칸트에 의해 그때까지 이어졌으나 곧 끊어졌다. 나는 칸트에서 끊긴 지점을 다시 받아들여 궤도를 계속 이어가려고 했다. 그런데 그사이 피히테, 셸링, 헤겔 같은 사이비 철학자들에 의해 주전원의 원리가 완성되어 버렸다. 이들과 함께 달리던 독자는 이 끝없는 원운동이 시작된 바로 그 지점에 다시 되돌아온 것을 깨닫게 될 것이다.

학문, 문학과 예술의 시대정신이 약 30년을 주기로 파산선고를 받는 이유도 주전원과 관계있다. 다시 말해 그 기간을 지배한 주장과 학설이 오류의 증가로 인해 불합리의 무게를 견디지 못하고 무너지는 것이다. 이와 동시에 이러한 오류에 반대하는 세력의 힘도 그 기간만큼 커진다. 그러므로 형세가 돌변한다. 때로는 반대 주장이나 학설에서도 오류가 일어난다. 문학사는 이러한 주기적인 회귀 과정을 보여 준다.

하지만 문학사는 그 과정을 그다지 중요하게 생각하지 않는다. 게다가 그러한 주기가 비교적 짧기에 시대가 멀어질수록 그 같은 소재를 찾기가 쉽지 않을 때도 있다. 그래서 자신이 살고 있는 시대에 그런 현상을 가장 쉽게 관찰할 수 있다.

만일 이런 현상의 실례를 과학에서 얻으려고 한다면 지질학자 베르너Abraham Gottlob Werner, 1749~1817가 주창한 암석 수성론水成論을 들 수 있을 것이다. 하지만 나는 이미 앞에서 말한 사례로 다시 설명하고자 한다.

독일 철학사에서 칸트의 빛나는 시대 다음은 칸트와 아무런 관련이 없는 시대다. 철학자들은 명확한 논리로 설득하는 대신 감탄을 불러일으켜 존경받고자 애썼다. 그들은 철저하고 명료한 표현 대신 이해하기 어려운 미사여구와 과장된 표현을 썼다. 그때마다 그들이 주장하는 사상은 더욱 모호해졌다. 심지어 진리를 추구하는 대신 술책을 썼다. 그래서 철학이 앞으로 나아갈 수 없었다.

결국 그런 학파와 방법론은 모두 파탄에 이르고 말았다. 헤겔과 그의 제자들은 무의미한 글을 멋대로 써서 발표했고, 비양심적으로 자화자찬하는 뻔뻔함을 저질렀다. 온갖 터무니없는 짓거리를 의도적으로 저지른 끝에 결국 누가 보든 허풍과 협잡이라는 사실이 드러났다. 그들이 저지른

몇 가지 일이 들통나자 그들은 당국의 비호를 잃고 사람들의 입방아에 오르기 시작했다.

그 후 피히테와 셸링, 헤겔의 철학적 전제는 역사상 존재했던 철학 가운데 가장 비참한 사이비 철학으로 기억되었다. 그리하여 칸트 이후 19세기 전반의 독일 철학은 자신들의 무능을 하루아침에 세상에 드러냈다. 그런데도 독일인은 외국인을 향해 자신들의 철학적 재능을 뽐내고 있다.

앞에서 살펴본 주전원 원리의 사례를 예술사에서 찾고자 하면 조각가 베르니니Giovanni Lorenzo Bernini, 1598~1680와 그의 유파를 살펴보면 된다. 이 유파는 고대의 미 대신에 엄청난 자연을, 고대의 단순함과 우아함 대신에 미뉴에트 춤곡의 단아함을 표현했다. 그러나 빙켈만Johann Joachim Winckelmann, 1717~1768의 제안에 따라 고대 예술로 돌아가라는 운동이 성공하자 이 유파는 사라졌다.

19세기 초반의 회화에서도 주전원의 사례를 찾아볼 수 있다. 이 시기의 화가들은 회화를 종교적 신앙심을 표현하는 수단이나 도구로 보고, 종교적인 소재를 회화의 중심 주제로 삼았다. 그러나 그러한 주제를 다루는 화가들에겐 신앙의 엄숙함이 결여되어 있었다. 그런데도 그들은 앞에서 말한 망상에 사로잡혀 프란체스코 프란치아Francesco Francia, 1450-1517, 피에트로 페루지노Pietro Pérugin, 1448~1523, 프라 안젤리코Fra Angelico, 1387~1455 등 중세 화가들을 모범으로 삼고, 이후에 출현한 위대한 거장들보다 그들을 높이 평가했다.

이러한 일탈적 예술 운동은 문학에서도 나타났는데, 괴테는 〈사제의 놀이〉라는 우화를 썼다. 하지만 이 유파도 망상에 바탕을 둔 것이 드러나 해체됐다. 뒤이어 '자연으로 돌아가라'는 운동이 일어났다. 이들은 가끔 정도에서 벗어나긴 했지만, 각종 풍속화에 그들의 정신이 잘 드러나 있다.

이처럼 문학사의 목록에도 인류의 진보를 후퇴시킨 실패작들이 담겨 있다. 이것을 오랫동안 보존하게 해주는 에틸알코올 역할을 하는 것은 돼지가죽이다. 반면에 소수의 위대한 문학 작품들은 그런 문학사의 목록에서 찾을 필요가 없다. 다시 말해 위대한 문학 작품들은 그 자체로 살아 있는 것이다. 우리는 불사신처럼 싱싱한 모습으로 활보하는 그런 작품을 세계 어디서나 만날 수 있다. 그것들만이 내가 앞 절에서 언급한 참된 문학이다.

우리는 문학사를 어린 시절부터 편람이 아닌 교양인의 입을 통해 들어서 알고 있다. 오늘날에는 편집증에 걸려 문학사를 읽으려는 사람들이 많아지고 있다. 이는 실상은 제대로 알지도 못하면서 마치 문학사 전체의 그림을 그릴 수 있다며 지성인인 척하는 것에 불과하다.

그런데 나의 소망은 언젠가 누군가가 '비극의 문학사'를 써 줬으면 하는 것이다. 그 속에 들어가야 할 내용은 자신의 나라가 배출한 위대한 작가나 예술가를 매우 자랑스럽게 여기는 그 나라 사람들이 그들이 살아 있을 때 과연 어떻게 대우하였는가 하는 점이다. 다시 말해 어느 시대 어느 나라를 막론하고 참된 것이 그 시대를 지배해온 부조리한 것들에 맞서 견뎌냈던 끝없는 싸움을 우리 눈앞에 제시해 달라는 것이다.

인류에게 참된 빛을 던져준 사람들과 각종 예술 분야에서 위대한 거장들이 겪었을 순교자의 고난을 비극의 문학사가 담아내야 한다는 것이다. 그들 가운데 대다수는 세상으로부터 전혀 관심과 인정을 받지 못하고 제자도 없이 가난과 비참함 속에서 살아갔다.

반면에 자신의 전문 분야에서조차 형편없는 자들은 부와 명성을 얻었다. 바로 이런 경위도 비극의 문학사는 우리에게 보여 줘야 한다. 그러므로 〈창세기〉에 등장하는 아브라함의 아들 '에서'의 이야기가 바로 그런 경우다.

에서가 어느 날 아버지를 위해 사냥을 나가 짐승을 잡는 사이에 집에 있던 야곱은 에서의 옷을 훔쳐 입고 변장하여 아버지의 축복을 가로챈 것이다.

이렇듯 위대한 작가들의 생애는 비참했지만, 인류가 함께 겪어야 할 고행의 길을 몇몇 선구자들이 선택했고 그들 덕분에 인류는 진보로 나아갈 수 있었다. 이제 어느 시대든 그와 같은 작가들의 힘겨운 싸움이 끝나면 불멸의 월계관이 그들에게 손짓하고, 최후의 순간에 다음과 같은 노랫소리도 울렸으면 한다.

무거운 갑옷은 날개옷으로 바뀌고,

고통은 짧고, 기쁨은 영원하노라.

– 실러, 《오를레앙의 처녀》 제5막 14장

4장

비유와 우화

1

오목 거울

오목 거울은 다양한 비유로 쓸 수 있다. 오목 거울은 사물의 상을 왜곡하거나 실제보다 미화할 수 있고, 빛과 열을 통해 놀라운 효과를 거둘 수 있는데, 이렇게 자신의 힘을 한곳에 모을 수 있다는 점에서 천재에 비유할 수 있다.

반면에 우아하고 박식한 사람은 볼록 거울에 비유할 수 있다. 볼록 거울은 표면에서 모든 대상을 축소된 상으로 보이게 하며, 누구에게나 모든 방향으로 볼 수 있게 한다. 이와 달리 오목 거울은 한 방향에서만 작용해 관찰자의 특정한 위치를 요구한다.

두 번째로, 모든 진정한 예술 작품도 오목 거울에 비유할 수 있다. 그 작품이 전달하고자 하는 의도가 사물의 본래 정신일 경우다. 사물의 본래 정신은 작가가 스스로 지각할 수 있는 선험적 내용이 아니어서 붙잡을 수 없고, 상상력에 의해서만 추구될 수 있기 때문이다.

마지막으로 사랑에 절망적인 사람이 자신의 무정한 애인을 오목 거울에 비유할 수 있다. 오목 거울은 애인처럼 번쩍거리며 불붙이고 빨아들이지만, 정작 자신은 냉정한 자세를 유지한다.

2

토양과 사람

스위스의 산악 지대는 천재와 닮았다. 아름답고 숭고하지만, 영양이 풍부한 열매를 맺기에는 토양이 적합하지 않다. 반면에 폼메른과 홀슈타인 지방의 습지는 비옥하지만, 고루한 사람처럼 속되고 지루하다.

3

꽃

곡식이 익어가는 드넓은 벌판에 누군가 밟아서 다져놓은, 움푹 파인 곳이 있었다. 나는 아무 생각 없이 그곳에 서 있었다. 그때 나는 같은 크기로 쭉쭉 솟은, 이삭이 잔뜩 달려 늘어진 줄기들 틈 사이로 가만히 얼굴을 내민 파랑, 빨강, 보랏빛 등 다양한 색의 꽃들을 보았다. 자연 그대로의 꽃들은 매우 아름다워 보였다.

하지만 잠시 내게는 그 꽃들이 열매를 맺지 못하는 잡초에 불과하다는 생각이 들었다. 사람들은 곡식들 사이에서 자라난 잡초를 제거할 수 없어 그냥 참고 있을 뿐이다. 그

렇지만 내 눈앞에서 한껏 아름다움과 매력을 선사하는 것
은 그 꽃들뿐이다.

그러므로 다른 관점에서 꽃들을 보면 그들은 나름 진지
하고 이로운, 시민적 삶에서 문학과 예술이 담당하는 역할
을 한다. 그 때문에 꽃은 문학과 예술의 상징이라 볼 수 있
다.

4

이탈리아인처럼

건축학적 무늬의 장식, 기념 건축물, 오벨리스크, 아기자기한 분수 등과 함께 형편없는 도로로 포장된 독일 도시는 금과 보석으로 치장하고 있지만, 더럽고 해진 옷을 입고 있는 여성과 같다. 도시를 이탈리아 도시처럼 만들려거든 먼저 도로부터 이탈리아 도로처럼 만들라! 조각상을 집처럼 높은 받침대 위에 놓지 말고 이탈리아인들처럼 하라!

5

중국인

유럽에 온 두 명의 중국인이 처음으로 극장에 갔다. 한 사람은 무대의 기계 장치가 작동하는 원리를 파악하는 데 몰두했다. 다른 사람은 언어를 모르나 연극 작품의 의미를 알아내려고 했다. 전자는 천문학자와 같고, 후자는 철학자와 같다.

6

이론

인간에게 실천되지 않고 이론으로만 존재하는 지혜는 색과 향기로 유혹하지만, 열매 맺지 않고 떨어지는 장미와 같다.

7

전나무

개는 의심할 여지 없이 신의의 상징이다. 식물 중에서는 전나무가 그렇다고 할 수 있다. 전나무는 좋은 때나 나쁠 때도 우리와 함께 견뎌내기 때문이다. 전나무는 하늘에 다시 태양이 빛날 때 되돌아오기 위해 우리 곁을 잠시 떠나는 다른 나무나 식물들과 달리 태양의 총애가 사라졌을 때도 늘 우리 곁을 떠나지 않는다.

8

지금 그대로

꽃이 활짝 핀 사과나무 뒤에 곧게 자란 전나무가 우듬지를 치켜들고 서 있었다. 사과나무가 전나무에 말했다. "나를 완전히 감싸고 있는 수천 송이의 꽃들을 봐라. 그런데 너는 내보일 게 뭐가 있느냐? 수피樹皮는 잿빛에다 잎은 바늘처럼 뾰족하구나." 전나무가 대답했다. "그 말이 맞는 말이야. 겨울이 오면 너는 잎이 다 떨어지고 말겠지. 하지만 나는 오늘이나 그때도 지금 그대로의 모습으로 있을 거야."

9

참나무

언젠가 참나무 아래에서 식물 채집을 하던 중 풀들 사이에서 같은 크기의 어떤 작은 식물을 발견했다. 줄기가 반듯했다. 내가 그 식물을 건드리자 그 식물은 단호하게 소리쳤다. "나를 뽑지 말고 내버려 둬! 나는 네 표본을 위한 다른 일년생 식물과 같은 잡초가 아니야. 나는 몇백 년이나 산단 말이야. 아직은 조그만 참나무야." 이처럼 수백 년이나 산다는 그 나무는 아이에서 청소년으로, 때로는 성인의 모습으로 서 있다.

10

존재 이유

나는 어떤 들꽃을 발견하고 그 자태의 아름다움과 부분마다 완벽함에 놀라 소리쳤다. "너와 같은 수천의 꽃들이 아무런 주목도 받지 못하고, 때로는 누구의 눈에도 띄지 못한 채 화려하게 피었다가 결국엔 시들어 버리겠지." 그러자 꽃이 말했다. "이런 바보 같으니! 내가 누군가에게 보이기 위해 핀다고 생각하니? 나는 나를 위해 꽃을 피우는 거야. 내 마음에 들기 때문에 그러는 거야. 나의 즐거움과 기쁨은 꽃을 피우는 데 있고, 그것이 바로 내가 존재한다는 거야."

11

정신적 위대함

한 사람의 위대함을 평가할 때 정신적인 위대함은 물리적인 크기와 반대되는 법칙이 적용된다. 물리적인 것은 멀리 있을수록 작아지지만, 정신적인 위대함은 멀리 있을수록 더욱 커진다.

12

교훈

어느 어머니가 자식들의 교육과 발전을 위해 이솝 우화를 읽어 주고 있었다. 하지만 아이들은 곧바로 어머니가 읽던 책을 빼앗았다. 큰아이가 조숙하게 말했다. "이건 우리를 위한 책이 아니에요. 이 책은 너무 유치하고 말이 안 돼요. 물고기, 여우, 늑대, 까마귀가 말을 하다니, 더는 그런 말에 속지 않아요. 우린 이런 유치한 이야기를 들을 때가 지났단 말이에요." 누가 이 소년에게서 미래의 합리주의자의 모습을 알아채지 못하겠는가.

13

적당한 거리 두기

어느 추운 겨울날, 고슴도치들은 얼어 죽지 않기 위해 서로 바짝 달라붙어 한 덩어리가 되었다. 그러나 그들은 곧 상대의 따가운 가시가 느껴져 떨어졌다. 그러자 그들은 추위를 견딜 수 없어 다시 한 덩어리가 되었다. 그러나 가시가 또 서로를 찌르자 또 떨어졌다. 이처럼 그들은 따뜻해지고 싶은 욕구와 고통 사이를 계속 오갔다. 그러다 마침내 그들은 상대방의 가시를 견딜 수 있는, 서로에게 머물 수 있는 가장 적당한 거리를 발견했다.

내면의 공허함과 단조로움은 사교에 대한 욕구를 불러

일으켜 사람들끼리 서로 가까이 다가가게 한다. 하지만 그들은 서로에 대한 불쾌감으로 서로를 밀쳐낸다. 이런 행동을 반복하던 중 마침내 그들은 서로 견딜 수 있는 적당한 거리를 찾아냈다. 그것은 바로 정중함과 예의다. 그러므로 그 거리를 지키지 않는 사람은 "당신의 거리를 유지하라!"라는 말을 듣게 된다. 그 결과 각자의 욕망은 덜 충족되겠지만 가시에 찔리는 고통은 피할 수 있다.

그러나 마음속 깊이 따뜻함이 많은 사람은 타인에게 고통을 주거나 타인으로부터 고통을 받지 않으려고 멀리 떨어져 있기를 좋아한다.

5장

지식에 대하여

1

그릇된 배움

가르치고 배우기 위한 사람들을 보면, 인류에게 통찰과 지혜가 매우 중요하다고 생각할지 모른다. 하지만 실제는 어떠한가. 교사들도 돈을 벌기 위해 가르친다. 가르치는 사람이나 배우려는 사람들 대부분이 지혜를 위해서가 아니라 지혜의 겉모습을 추구한다.

학생은 지식과 통찰을 얻기 위해 배우는 것이 아니라 떠벌리기 위해, 명성을 얻기 위해 배운다.

10년마다 새로운 세대가 등장한다. 그 세대의 그는 아무것도 아는 게 없는 풋내기이면서 인류가 수천 년에 걸쳐 쌓은 지식의 결과물을 개요로 간추려서 매우 빨리 흡수한 다음, 과거의 누구보다 더 똑똑해지려고 한다.

사람들 대다수가 이런 목적으로 대학에 들어가서 책을 읽는다. 그것도 자신의 동시대인의 최신 서적에 한정된다. 그런 식으로 지식을 습득하고 나서 그는 이것저것 함부로 평가하기 시작한다.

2

통찰

나이를 불문하고 대학생과 대학 교육을 받은 자는 오로지 지식을 얻으려 할 뿐 통찰을 얻으려 하지 않는다. 그들은 온갖 암석이나 식물, 전쟁이나 실험에 관해, 온갖 책에 관한 지식을 얻는 것을 명예로 여긴다. 그들은 지식이 통찰을 얻기 위한 수단에 불과하고, 그 자체로는 아무런 가치가 없다는 것을 생각해내지 못한다. 역설적으로 이런 사고방식이야말로 철학적 두뇌의 특성이다. 많이 아는 체하는 사람들의 박식함을 접하게 되면 나는 이따금 혼잣말로 중얼거린다. "저렇게도 읽은 책이 많은데, 생각은 그렇게도 하지 않다니!"

《박물지Naturalis historia》의 저자로 유명한 로마 시대의 플리니우스Plinius는 여행 중이거나 식탁에서나, 하물며 욕실에서도 늘 책을 읽거나 낭독했다고 한다. 이런 이야기를 들으면 그에게 자기만의 생각이 너무 부족한 것은 아닌지, 목숨을 유지하기 위해 걸쭉한 고기 수프를 주입하듯 끊임없이 남의 생각을 주입해야 했는지 의문이 생긴다.

3

지식은 명확한 이해가 우선

지나친 독서와 배움이 자신만의 사고를 중단시키듯이 지나친 글쓰기와 가르침도 자신의 지식과 이해의 명확성을 잃게 만든다. 명확성과 함께 철저함을 가질 시간이 없기 때문이다. 그래서 그런 학자나 교수는 강의할 때나 저작물에서도 스스로 명확한 인식이 부족한 것을 말과 미사여구로 대신하려 한다. 만일 책이 말할 수 없이 지루하다면 주제가 무미건조해서가 아니라 바로 그 때문이다. 훌륭한 저술가는 무미건조한 주제마저도 흥미롭게 만들 수 있다.

4

학문은 그 자체로 목적이 돼야

　학자들 대부분에게 학문은 목적이 아니라 수단이다. 그 때문에 그들은 결코 어떤 위대한 일을 해내지 못할 것이다. 위대한 일을 해내려면 학문을 하는 것이 목적이 돼야 하고, 빵을 얻기 위한 생존은 수단이 돼야 한다. 학문은 그 자체로 목적이 될 때 진정으로 탁월한 작품을 얻을 수 있다.

　이와 마찬가지로 자신에 대한 타인의 인식을 신경 쓰지 않고 오직 연구의 직접적인 목적만을 위해 자기 자신의 인식을 좇는 자만이 새롭고 위대한 통찰을 할 수 있다. 하지만 학자들이 대개 그렇듯이, 그들은 가르치고 책을 쓸 목적으로 연구한다. 그러므로 그들의 머리는 음식물을 소화하지 않고 그냥 내보내는 장과 같다. 바로 그 때문에 그들의 가르침과 글도 유익함이 부족한 것이다. 제대로 소화하지 않고 내보낸 배설물이 아닌 자신의 몸에서 분비된 젖만이 다른 사람에게 양분이 될 수 있다.

5

남의 생각을 머릿속에 욱여넣지 말라

가발은 자신의 머리칼이 부족할 때 남의 머리칼로 머리를 꾸며준다. 박식하다는 것도 남의 생각을 머릿속에 잔뜩 욱여넣은 것에 불과하다. 남의 생각은 자신에게 자연스럽게 어울리지도 않을뿐더러 어떤 목적에 쓸모 있거나 적합하지도 않고 자신에게서 확고하게 뿌리를 내릴 수도 없다. 만일 그것을 사용했을 경우 자기 자신의 땅에서 생겨난 생각과 달리 같은 원천에서 나온 다른 생각으로 대체할 수도 없다.

바로 그 때문에 영국의 소설가 로런스 스턴Laurence Sterne,

1713~1768은 《트리스트램 샌디의 일생과 의견The Life and Opinions of Tristram Shandy》이란 책에서 이런 주장을 한다. "나 자신이 지닌 1온스의 정신은 다른 사람이 지닌 정신의 한 통만큼이나 가치가 있다."

6

책, 인류의 기억

인류의 기억이자 세상의 온갖 종류의 지식은 종이에 기록된 책 속에 대부분이 존재한다. 어떤 시점을 기준으로 사람들 머릿속에 남아 있는 것들은 기억 가운데 아주 작은 일부에 불과하다. 인간의 수명이 짧은 데다 불확실한 것을 더해 인간의 게으름과 향락욕 때문이다.

세월에 따라 그때그때 빠르게 지나가 버리는 세대는 필요로 하는 지식을 인류의 기억으로부터 얻는다. 세대는 곧 지나가 버린다.

학자들 대부분은 주로 현상에만 집착한다. 그런데 이제

모든 것을 처음부터 배워야 하는 희망적인 세대가 뒤따른다. 그리하여 새 세대는 파악할 수 있거나 자신의 짧은 여정에 사용할 수 있는 만큼 지식을 되찾지만, 그 또한 다시 지나가고 만다.

문자와 인쇄 기술이 없다면 인간의 지식은 얼마나 보잘것없겠는가! 도서관만이 확실하고 지속적인 인류의 기억이며, 인류 개개인은 매우 한정되고 불완전한 지식을 지닐 뿐이다. 그 때문에 상인이 장부 검사를 싫어하듯이 학자들 대부분은 다른 사람에 의해 자신의 지식이 검사받는 것을 좋아하지 않는다.

인간이 알 수 있는 지식의 양이 어느 정도인지 측정할 수 없으며, 알아둘 가치가 있는 것조차 저마다 1000분의 1도 알 수 없다. 따라서 학문의 폭이 너무 넓어 무언가를 연구하려는 사람은 전적으로 어떤 특수한 전문 분야만 다루는 것이 좋다. 그러면 자기 전문 분야의 수준은 일반인의 수준보다 높아진다. 하지만 다른 모든 분야에서는 일반인의 수준에 머물 것이다.

그런데 오늘날 고전어를 어중간하게 배우는 현상이 나타

나는데, 고전어를 소홀히 하면 인문 교양이 부족해진다.

일반적으로 다른 분야를 수용하지 않는 배타적인 전공학자는 평생 특정한 나사나 갈고리, 또는 특정한 도구의 손잡이나 하나의 단순한 기계를 만드는 공장 노동자와 비슷하다. 물론 한 분야만 파다 보면 믿기지 않을 정도의 완벽한 기술을 얻기는 한다. 전공학자는 자신의 집에서 결코 집 밖으로 나오지 않는 사람에 견줄 수 있다. 마치 빅토르 위고 Victor-Marie Hugo, 1802~1885의 역사소설 《노트르담의 꼽추》에 등장하는 콰지모도가 노트르담 교회만을 알고 있는 것과 같다. 그는 교회 안에 있는 모든 것, 즉 집안의 모든 것, 모든 계단, 모든 구석, 모든 들보는 정확히 알지만, 교회 밖의 모든 것은 그저 그에게 낯선 미지의 세상일 뿐이다.

이와 달리 인문주의자의 참된 교양은 다방면의 지식과 개관 능력이 요구되므로 학자에게는 좀 더 높은 의미의 박식함이 요구된다. 그러나 철두철미한 철학자가 되려고 하는 자는 인간의 지식으로는 아득히 먼 양 끝을 연관시킬 줄 알아야 한다.

그런데 가장 높은 정신의 소유자는 인류의 생존 전체를

문제로 삼는다. 그런 사람은 어떤 형식과 방식으로든 그 문제에 관한 새로운 해결책을 인류에게 제시할 것이다. 사물 전체와 그것들의 위대함, 본질적인 것과 일반적인 것의 연관을 연구 주제로 삼는 자는 천재라고 불릴 만하다. 그러나 사물 상호 간의 특수한 관계를 정리하려고 평생 애쓰는 사람은 천재라고 할 수 없다.

6장

문예에 대하여

1

예술은 인간의 거울

모든 욕망은 필요와 부족에서 비롯된다. 우리가 욕망을 채우면 그 욕망을 잠시 가라앉힐 수는 있다. 그런데 한 가지 욕망을 채운 후에도 충족을 모르는 욕망은 또 얼마나 많은가! 게다가 욕망은 오래 계속되고 욕구는 끊임없이 부풀어 오르는데, 향락을 누리는 기간은 짧고 그 양도 적다. 그리고 욕망을 충족시켜 쾌락을 얻어도 그 쾌락은 환상에 지나지 않으며, 이를 대신해 제2의 쾌락이 나타나면 욕망은 사라져 형태를 찾아볼 수 없다.

그러므로 이 세상에는 의지를 진정시키거나 영원히 붙

잡아둘 힘은 없다. 우리가 운명으로부터 받을 수 있는 가장 큰 선물도 거지의 발아래 던져진 동전과 마찬가지로 다만 오늘의 목숨에 풀칠하여 괴로운 삶을 내일까지 연장하는 데 지나지 않는다.

인간은 무수한 욕망 덩어리이다. 우리가 욕망에 지배받고 욕망을 자극하는 의지를 제어할 수 없는 한, 그리고 우리에게 떼 지어 달려드는 소망과 우리에게 덮쳐오는 공포에 사로잡혀 있는 한, 우리는 안식과 행복을 손에 넣을 수 없다. 우리가 기대나 두려움 때문에 무엇을 열심히 좇거나 기대하려고 하는 것은 근본적으로 똑같다. 즉 의지의 욕구에서 비롯되는 걱정은 소망과 두려움의 여러 형태로 나타나며, 언제나 우리의 존재를 괴롭히고 어지럽힌다. 그래서 인간은 의지의 노예가 되어 익시온의 불 수레에 매달려 있게 되고, 다나이데스(다나오스의 딸)의 밑 빠진 독에 불을 넣고 탄탈로스처럼 끊임없이 갈등에 시달린다.

그런데 우리는 내면의 풍요와 마음의 조화를 이루어 잠시나마 끊임없는 욕구의 소용돌이에서 벗어날 수는 있다. 이때 욕구를 자극하는 의지를 철저히 부정할 수 있다면, 우리의 정신을 의지의 속박에서 구출하여 주의력을 의지의 대상에서 떠나게 할 수 있다. 그러면 욕구의 색채를 버리고 사물을 탐욕의 대상이 아닌 관조의 대상으로 바라볼 수 있다. 이때 욕망으로 요동쳐온 마음으로부터 차츰 안정되어 평화를 얻는다.

에피쿠로스Epicurus, 기원전 341~271가 찬양한 최고의 행복도 고통을 넘어선 상태를 가리키는 것이다. 우리는 지금까지 의욕해온 것을 더 이상 의욕하지 않는 행위, 즉 의지를 부정함으로써 안식을 누릴 수 있으며, 익시온의 불 수레는 회전을 멈추게 된다. 이때 저물어가는 태양을 궁전의 들창가에서 바라보거나 감옥의 철창에서 바라보거나 느낌은 마찬가지이다. 마음의 조화를 이루어 관조의 상태에 이르거나 순수한 사상이 의지를 뛰어넘는 것은 어느 곳에서나 가능하다.

인생의 모든 면을 초탈한 눈으로 보고 그것을 펜이나 화필로 그려 보라. 그것만으로도 흥미와 매력이 넘쳐 인생이 고상하고 심오하게 보일 것이다. 그런데 우리는 언제까지나 이런 순수한 감흥에만 머물러 있을 수 없다. "악마라면 가능할 것이다."라는 말은 여기에도 해당한다. 이런 뜻에서 괴테도 다음과 같이 노래했다.

어지러운 인생도
그림에서는 아름다워 보이나니…

나는 젊을 때 내 행위를 하나하나 적어두려고 한 적이 있다. 아마 그때의 행위를 나중에 차근차근 감상하며 즐기려 했던 것 같다.

인간은 사물 자체가 일으키는 것만 현상으로 인식할 뿐이다. 사물은 우리와의 이해관계에서 벗어나 있을 때 아름답다. 그러나 인생은 결코 아름다운 게 아니다. 아름다운 것은 시詩라는 거울에 비쳐 반사된 인생의 그림일 뿐이며, 이 그림이 아름답게 보이는 것은 살아간다는 게 무엇인지 우리가 미처 알지 못하던 청년 시절의 일이다.

떠오른 영감을 붙잡아 시의 형태로 다듬어놓은 것이 서정시다. 참된 서정시인이 작품을 통해 마치 거울처럼 보여

주는 것은 인간의 완성된 모습과 깊은 내면세계이다. 참된 시에는 무수한 인간들이 수없이 되풀이하며 경험하는 느낌이 생생하게 그려진다.

시인은 세계적이고 보편적인 인간이다. 그러므로 인간의 마음속에 꿈틀거리는 것과 인간의 천성이 여러 환경에서 경험하는 것이 시의 소재가 되므로 그 범위는 자연 전체에 미치게 된다.

그러므로 시인은 신비주의자처럼 거룩하고 순수한 대환희를 노래 부를 수 있고, 자기의 천분天分과 정감에 따라 희극이나 비극을 쓸 수 있으며, 고매한 마음씨나 속된 심정을 묘사할 수도 있다.

시인은 인간의 거울이다. 그는 인간이 느낄 수 있는 것을 명징한 이미지로 묘사하게 된다. 그러므로 누구나 그에게 좀 더 고상하거나, 초탈하거나, 도덕적으로 올바르거나, 신앙을 가지라는 등 이런저런 것을 해서는 안 된다며 명령조의 주문을 할 수 없다.

훌륭한 시는 모두 몸서리칠 인간성이나 고의성故意性, 우환, 악의 승리, 우발적 사건의 지배, 정당하고 순결한 자의 파멸 등에 관해 묘사하고 있다는 것에 주목해야 한다. 이 것은 세계의 기능과 존재의 실상이 무엇인지 뚜렷이 보여 준다.

비극의 작품 내용은 어떠한가? 거기에는 고귀한 인물이 힘겨운 투쟁과 수난 끝에 애써 추구해온 목적을 단념하거 나 의도적으로 세상의 모든 즐거움을 단념하는 장면이 그 려진다. 《칼데론》 속의 왕자, 《파우스트》의 그레트헨이 그 랬다. 《햄릿》에서 햄릿의 친구인 호레이쇼는 죽어가는 햄 릿의 뒤를 따르려 했으나, 그의 마지막을 후세에 전함으로 써 그 이름이 더럽혀지지 않도록 고뇌로 가득한 이 세상에 잠시 머물러 있겠다고 결심한다. 《오를레앙의 처녀》 무셀, 《메시나의 신부》의 주인공도 같은 종류의 비극적인 인물이 다. 그들은 모두 고뇌에 정화되어 그 속에 깃든 '살려는 의 지'가 소멸하기를 기다렸다가 마침내 죽어간다. 비극의 참 된 의미는 주인공에게 나타나는 죄가 그만의 것이 아니라 유전되는 죄, 즉 존재 자체의 죄라는 관점으로 나타난다.

비극의 성격과 목적은 우리를 체념하게 만들어 살려는

의지를 포기하는 데 있지만, 희극은 우리에게 살려는 의지를 요구한다. 물론 희극도 시적인 묘사와 마찬가지로 삶의 고뇌와 인생의 어둡고 처참한 모습도 보여 주지만, 그것은 어디까지나 일시적일 뿐 마지막은 환희에 융합되어 희망과 성취와 승리의 교향곡으로 해소된다.

희극은 세상에 아무리 힘든 일이 많더라도 재미있고 유쾌한 일들도 있어 웃음꽃을 피울 장면이 분명히 있음을 그려 보여 줌으로써, 독자나 관객들에게 즐거움을 북돋우려고 한다. 요컨대 희극은 결과적으로 인생이란 대체로 살기 좋은 곳이며, 때로는 매우 재미있고 우스운 것임을 보여 준다.

서사시나 희곡을 쓰는 시인은 자기가 운명이며 운명과 마찬가지로 에누리가 없어야 한다는 점을 잊어서는 안 된다. 그는 인간의 거울로서 작품에 사악한 자나 이상한 성격 소유자, 즉 바보나 못난이, 정신박약자를 등장시키고, 한편으로는 이지적이고 신중한 인간, 때로는 선량하고 성실한 자를 등장시키고, 특별한 경우에는 고귀하고 관대한 인물도 등장시켜야 할 것이다. 호메로스의 시에는 선량하고 정직한 인물을 많이 볼 수 있지만 참으로 고귀하고 너그러운 사람은 전혀 없다. 그리고 셰익스피어William Shakespeare, 1564~1616의 희곡에는 이런 인물이 하나둘 등장하지만, 그들의 고귀함은 초인적이라고 할 수 없다. 코델리아와 코라이어라는 두 사람이 이에 해당할 뿐, 그 밖에는 거의 찾아볼 수 없으나 다른 부류의 인물들은 많다.

어떤 사람의 행위는 그 자체로 여러 특별한 의미를 지닌다. 18세기 네덜란드파는 환상적이고 신묘한 화풍을 독특한 특성으로 보여 주는데, 이에 대해 사람들은 그림이 주로 가까운 일상생활의 정경을 묘사했을 뿐, 인생의 중대한 문제를 다루지 않아 기교밖에 볼 게 없다며 가벼이 여기는데, 이런 감상법은 잘못된 것이다. 그들은 어떤 행위의 내면 의미와 외면 의미는 각기 달라 서로 많은 차이가 있음을 잊고 있다. 행위의 외적 중요성은 현실에 미치는 영향과 그 결과에 따라 측정되고, 행위의 내적 중요성은 인간성의 어두운 골짜기에 빛을 던지고, 인간 생활의 특수한 면을 드러내 인간의 본성에 대해 깊은 진리를 깨닫게 하는 데 있다.

그러므로 예술사는 행위의 내면 의미가 중요하고, 역사에서는 외면 의미가 중요하다. 이 둘은 분리되어 있기도 하고 결합되어 있기도 하지만, 사실은 독립된 것이다.

역사상 으뜸이 될 만한 행위도 그 자체만 놓고 보면 평범하고 무의미하게 생각되는 경우가 있으며, 반대로 하찮은 일상생활일지라도 인간 내면에 풍요의 빛을 던져준다면 참된 가치를 지니게 된다.

인간의 행위는 그 목적과 결과가 어떻게 되든 본질에서 같다. 몇몇 장군들이 지도 위에 머리를 맞대고 영토나 주민들에 대해서 논쟁하는 것이나 한 서민이 선술집에서 화투나 골패의 승부를 놓고 언쟁하는 것은 본질상 같은 행위이다. 마치 장기판에서 금으로 된 포包를 쓰나 나무로 된 차車를 쓰나 마찬가지인 것과 같다.

2

음악의 본질

음악은 외부 세계의 현상을 표현하는 게 아니다. 현상의 내면적인 본질, 다시 말해 의지 자체를 표현한다. 따라서 특수하고 일정한 어떤 기쁨이나 괴로움, 두려움, 불안, 쾌락, 안식 등을 표현하는 게 아니라 오직 기쁨 그 자체, 슬픔과 고뇌와 두려움, 쾌락, 안식 그 자체를 표현하는 것이 음악이다. 다시 말해 음악은 모든 동기나 상태를 떠나 기쁨이나 괴로움의 본질을 추상적으로, 일반적으로 표현한다. 음악은 그렇게 표현된 추상적인 결정체이다.

선율의 창조는 인간의 의지와 정감의 비밀스러운 정원을 찾아내는 일이며, 이것은 천재의 일이다. 천재의 활동은 다른 방면보다 음악 분야에 가장 뚜렷이 나타나고, 지적인 면을 떠나 자유롭게 작용한다. 참된 영감이란 이 정신작용을 말하며 관념, 즉 사물에 관한 추상적 또는 구체적인 지식은 다른 예술의 경우에도 그렇지만 음악에서도 결코 창작에 도움이 되지 못한다.

작곡가는 세계의 내면적인 본성을 표현하며 자기의 이성으로는 알 수 없는 언어로 깊은 지혜를 드러낸다. 그것은 마치 몽유병자가 의식을 되찾았을 때에는 전혀 알지 못하던 일에 대해 곧잘 또렷한 대답을 하는 것과 비슷하다.

음악은 말로 표현할 수 없는 하나의 내면적인 비밀을 전달하고, 친근한 한때의 낙원으로 우리를 이끈다. 우리가 음악의 선율을 알고는 있지만 명확하게 설명할 수는 없다. 음악은 우리 가슴속에서 움직이고 있는 의지의 몸부림을 표현할 뿐, 삶의 안팎에 있는 온갖 사정이나 처지에 대해서는 아무 말도 하지 않기 때문이다.

우리 마음속에는 두 가지의 근본적인 정서가 있다. 한쪽에는 기쁨과 즐거움이, 다른 한쪽에는 괴로움과 두려움이 있다. 이를 반영하여 음악에도 2도 음정과 6도 음정이라는 두 개의 일반적인 악보가 있고, 모든 악곡에는 그 둘 가운데 하나가 거의 부여되어 있다.

6도 음정에 표현된 음흉은 고통을 표현하기 위한 것으로, 그 비통한 소리는 부딪치거나 잘리거나 할 때의 육체 감각과도 다르다. 그런데 누구나 그 고통의 음을 비통하게 듣는 것은 분명 불가사의하고도 놀라운 일이라 하겠다. 이것만 보더라도 음악이 얼마나 인간과 사물의 내면에 깊이 파고드는지 알 수 있다. 혹독한 자연환경 속에서 살아가는 북극 지방의 사람들, 그중에서도 특히 러시아 사람들은 교회의 찬송가에 주로 단조를 쓰고 있다. 이 음조의 빠른 박자는 프랑스 음악의 특징이며, 발에 맞지 않는 구두를 신고 춤추는 기분을 갖게 한다.

박자가 매우 빠른 무용음악의 짧고 명쾌한 악상은 누구나 쉽게 느낄 수 있는 일반적인 기쁨만 표현한 것처럼 들린다. 이와 달리 웅장한 악상은 굵직한 음량과 긴 곡절, 장중하며 빠른 박자를 가지고 있는데, 이는 머나먼 목적을 향해 가는 위대한 노력을 표현하고 있다. 그리고 아다지오는 저열한 기쁨을 하찮게 여기며 노력을 하는 자의 고귀한 고뇌를 나타낸다.

그러나 우리가 경탄해 마지않는 것은 단조와 장조의 효과이다. 반음만의 변화, 장조의 삼단음 대신 단조의 삼단음은 곧바로 비통하고 불안한 감정을 일으키며, 거기에 장조가 나타나면 다시 고요한 기분으로 돌아가게 된다. 이는 놀라운 일이 아닐 수 없다. 그리고 단조의 느린 곡조는 심한 고통으로 가슴을 쥐어뜯는 듯한 슬픔을 자아낸다.

베토벤의 교향곡은 얼핏 혼란스럽다. 하지만 그 밑바탕에는 놀랄 만한 균형감이 있다. 교향곡은 아름다운 조화로 마무리되는 치열한 싸움, 나타났다 사라지는 무수한 사물의 형체가 헤아릴 수 없는 소음을 통하여 끊임없이 공간을 가로지르는 이 세계의 본성을 완전하고도 충실하게 표현한다. 그의 교향곡에는 인간의 열정과 격정, 기쁨과 슬픔, 사랑과 미움, 불안과 소망을 풍부한 느낌을 섞어 추상적인 방법으로, 그 하나하나를 담아내 표현했다. 그것은 물질 없는 형체, 영혼만이 가득한 하늘나라와 같은 느낌이다.

나는 오랫동안 음악의 본질을 깊이 생각해 보았는데, 가장 미묘한 음악을 즐길 것을 권하고 싶다. 음악은 세계의 참된 본성을 아무런 매개물 없이 진지하게 드러내 들려준다. 그러므로 음악이 우리에게 진지하게 작용하는 것이다.

웅장하고 화려한 하모니는 정신의 목욕이라 할 수 있다. 이런 음악은 모든 때를 씻어버리고 사악하고 비열한 것들도 모조리 제거하는 느낌이다. 이런 하모니는 인간을 한결 높은 데로 끌어올리고 고귀한 사상과 하나 되게 한다. 우리는 거기서 참된 가치와 의의를 뚜렷이 느끼게 된다.

나는 음악을 들을 때마다 인간의 생애는 어떤 영원의 꿈이고, 선악이 뒤섞인 여러 가지 꿈이며, 죽음은 그 꿈에서 깨어나는 것이 아닌가 생각된다.

7장

흥미와 예술미의 관계

1

작품에서 흥미란

시, 특히 서사나 희곡 작품에는 흥미라는 특성이 있다. 예술 작품이 아름답고 가치가 있는 이유는 인간의 이데아idea를 재현해 우리에게 이데아가 무엇인지 알게 하는 데 있다. 작품은 바로 그런 목적을 이루기 위한 수단이며, 저마다 개성 있는 인물을 등장시켜 이런저런 사건을 전개함으로써 인물의 성격과 기질을 드러나게 한다. 그리고 독특한 작가적 관점을 통해 인물의 내면세계를 파헤쳐 보인다. 인간의 여러 가지 이데아는 작가의 그런 묘사를 통해 그 전체 내용이 드러난다.

아름다움은 우리가 인식할 수 있는 이데아의 고유한 특질이다. 이데아를 인식할 수 있게 하는 한 무엇이든 훌륭하나. 아름답다는 것은 이데아가 뚜렷이 드러나 있다는 표시이기 때문이다. 아름다움은 언제나 인식의 범주에 속하며 인식에만 호소하고 의지에는 호소하지 않는다. 그리고 미美의 이해는 의지에 앞서야 한다.

희곡이나 소설은 사건과 인물의 행위를 통해 공감을 불러일으키고, 독자는 그 사건의 당사자라는 느낌을 받을 때 흥미를 보인다. 이때 묘사된 인물의 운명이 마치 독자 자신의 운명과 똑같이 느껴진다. 그 때문에 독자는 긴장된 마음으로 사건에 몰입하고 진행 과정을 정신없이 쫓는다. 혹시라도 주인공에게 위급한 상황이 닥치면 독자는 가슴을 쓸어내린다.

그래서 독서 중에 그런 기분이 최고조에 이르면 독자는 속을 태우다가 주인공이 위기에서 다시 벗어나기라도 하면 또다시 가슴이 두근거려 손에서 책을 놓기 어렵게 된다. 게다가 독자는 주인공의 비운에 동정하며 마치 자기가 그 운명을 겪고 있는 듯 밤새워 읽는다. 사실 이런 작품에서는 위안이나 즐거움을 얻지 못하고 현실에서 겪는 고통이나 악몽과 똑같은 고통을 느끼게 된다.

이런 고통에서 벗어나려면 작품을 읽을 때 바로 현실에 뛰어들어 작품의 환상을 몰아내는 수밖에 없다. 그렇게 하지 않으면 그 책을 다 읽을 때까지 초조하고 괴로울 수밖에 없다. 악몽에 대한 두려움이 잠을 깨자마자 사라지는 것처럼.

2

이데아를 드러내라

작품에서 주인공의 묘사 장면에 따라 우리의 감정이 움직이는 것은 인간 각자의 의지에 따른 것이다. 따라서 흥미 있다는 말은 의지로써 공감을 강요해 흥미를 일으키게 하는 것을 뜻한다. 아름다움이 흥미와 명확히 구분되는 것은 바로 그 점이다. 미美는 가장 순수한 인식에 속하지만, 흥미는 의지에 작용한다. 따라서 미는 이데아를 터득하는 데서 비롯되고 이때의 터득은 '충분근거율의 원리'와 관계없이 가능하다. 반대로 흥미는 언제나 사건의 진행과 갈등에서 비롯되며 '충분근거율의 원리'를 통해서 가능하다. 인간은 보는 방식대로 볼 뿐이다. 그리고 어떤 일이 일어나려면 이에 따르는 충분한 원인이 존재해야 한다. 충분한 이유가 없으면 무언가가 일어나지 않는다. 이것이 '충분근거율의 원리'이다.

이번에는 다음과 같은 의문점을 살펴보기로 하자. 첫 번째, 흥미는 문예의 두 번째 목적이 될 수 있는가, 아니면 미를 표현하기 위한 수단에 지나지 않는가. 두 번째, 흥미는 아름다움의 속성으로서 아름다움과 공존하며, 미가 있는 곳에 자연히 나타나게 되는가. 세 번째, 흥미 요인은 부족해도 아름다움이라는 중요한 목적과 합치될 수 있는가, 아니면 미의 장애물인가.

흥미는 희곡이나 소설 같은 작품에서만 느끼게 된다. 조형미술이나 음악, 건축 등에서는 나타나지 않는다. 이런 종류의 예술은 흥미와 관계없고 단지 감상자가 개인적 흥미를 느낄 뿐이다. 예를 들어 어떤 조형물이 연인이나 원수의 얼굴을 닮았다든가, 어떤 건물이 자기 집이거나 자기가 갇혀 있는 감옥이라든가, 또는 어떤 음악이 진혼 무용곡이라든가, 아니면 스스로 싸움터로 쳐들어가든가 할 경우이다.

이런 종류의 흥미는 예술의 본질이나 목적과 관계가 없다. 아니, 예술의 본질에서 벗어나 있다는 점에서 장애가 된다.

흥미는 아름다운 표현에 대한 공감이 사실처럼 느껴지는 데서 비롯된다. 표현은 독자를 매료시키는 것을 전제로 하며, 예술적인 매료는 진실을 통해서만 작용한다. 즉 예술이 존귀한 까닭은 진실을 드러내기 때문이다. 그래서 묘사는 자연과 마찬가지로 진실해야 한다. 또 묘사는 본질적인 특성을 강조하고, 묘사에서 우연히 나타난 중요하지 않은 것들은 제외함으로써 순수한 관점에서 이데아를 뚜렷이 드러내야 한다. 이렇게 드러낸 이데아를 진실로, 자연 이상의 것으로 만들어야 한다. 이런 경우 진실이 사람을 매혹하므로 흥미는 진실을 통해 아름다움과 공존할 수 있다.

3

흥미 효과와 예술미

진실 그 자체는 시와 현실을 뚜렷이 구분해서 흥미를 줄어들게 하지만, 현실도 얼마쯤은 이상적일 수 있어 이러한 구분은 매혹을 없앨 수도 없다. 조형미술은 그 수법상 얼마쯤 매혹을 없앨 여지가 있다. 조각은 형체와 빛깔만 보여주고 시야나 운동을 보여주지 않으며, 그림은 어느 지점에서 본 일정한 넓이만 표현하기에 그 주위로는 차가운 현실이 이어진다.

그러므로 이 경우에는 느낌을 통한 매혹이나 실물을 대했을 때와 같은 공감과 흥미가 더해지지 않기 때문에, 의지

220

는 침묵하고 표현된 미술만이 순수한 관조의 대상이 된다. 하지만 열등한 조형미술은 단지 현실적인 매혹과 흥미를 느끼게 만들어 순수한 예술적 효과는 사라지고, 이데아의 인식을 방해한다.

예를 들어 석고상 같은 것이 이데아의 인식을 방해한다. 석고상은 미술의 범주에서 제외되어야 한다. 정교하게 만들어진 석고상 작품은 사람을 완전히 매혹하는 힘을 발휘하므로 우리는 그 작품을 볼 때 실제의 인간을 대하듯 느끼게 된다. 실제의 인간은 의지의 대상으로서 흥미로운 존재이다. 그래서 그런 초상은 바로 우리의 의지에 작용하여 순수한 의식을 방해하며, 인간을 대할 때처럼 그런 초상에 경계심을 갖고 그 앞에 나서게 된다. 그리고 우리의 의지는 활동을 개시하여 그것을 사랑할까 미워할까, 또는 피할까 대항할까 하는 태도를 취하게 된다. 그러나 석고상은 생명이 없으므로 결국 시체와 같은 불쾌한 인상을 주어 재미라는 목적은 이루지만 예술로서의 가치는 잃게 된다. 이것을 보더라도 흥미가 있다고 해서 모두 미술작품이라 말할 수는 없다.

흥미로울 수 있는 것은 희극과 설화 같은 종류뿐이며, 만일 흥미가 예술의 목적이 되어 아름다움 그 자체와 견줄 수 있다면, 서정시는 사건에 따른 흥미가 없으므로 희곡이나 소설보다 훨씬 아래에 속하겠지만 실제로는 그렇지 않다.

그럼 두 번째 의문점을 생각해 보자. 만일 흥미가 미를 표현하기 위한 수단이라면 흥미 있는 시는 아름다움도 지녀야 할 텐데, 사실은 그렇지 못하다. 어떤 소설이나 희곡이 흥미 요소로 우리의 마음은 끌겠지만, 거기에는 예술의 미가 결여되어 있어 읽고 나면 시간을 낭비했다는 생각이 많이 든다.

이런 작품 가운데는 희곡이 많다. 예술미가 결여된 작품은 인간의 본성과 삶의 참된 모습에 대한 순수한 묘사가 없다. 또 성격 묘사는 거짓이거나 잘못되어 인간의 천성에 어긋난 이상한 인물이 등장하고 있다. 그러나 사건의 진행과 갈등이 복잡하게 뒤엉켜 주인공의 처지가 우리의 마음을 끈다. 우리는 갈등이 해소되고 주인공이 안전지대로 들어가기까지 호기심을 놓지 않는다. 그리고 막과 막 사이의 이동이 기술적으로 꾸며져 다음 장면에 호기심을 갖게 된다. 예측할 수 없는 결과는 기대와 놀라운 마음 사이에서 초조해지고, 어떤 이는 이런 재미에 시간 가는 줄 모른다.

사람들 대부분은 예술에 대한 순수한 인식 없이 심심풀이 감상으로도 만족하므로 예술미를 따지지 않는다. 아름다움은 인식에 속하므로 아름다움에 대한 감수성은 지적 능력처럼 개인차가 크다. 작품 세계의 내면적 진실, 즉 인간의 본성을 적절히 그렸느냐는 문제는 이들이 알 바 아니다. 이들은 오직 흥미만으로 작품에 만족을 느끼기 때문에 인간의 진실을 드러내 보여 줘도 반응이 없다.

그러나 다음과 같은 점은 유의해야 한다. 흥미 본위의 묘사는 반복해 읽을수록 효과를 잃어 다음 장면에 대한 기대도 약화한다. 결국 독자나 관객들은 작품을 무미건조하고 보잘것없는 것으로 여기게 된다. 그러나 아름다움에 가치를 둔 작품은 거듭 읽을수록 독자의 이해를 도와 예술적 효과를 크게 거둔다.

앞에서 말한 대로 흥미를 끄는 대중적인 장르로 통속소설이 있다. 이탈리아의 베네치아나 나폴리 거리에는 모자를 벗어놓고 행인을 모아 재미있는 이야기로 홍미를 돋워 듣는 이의 주머니를 터는 일이 있다. 독일에는 이런 부류의 값싼 천재들이 통속소설, 야담, 낭만적인 장편 역사 이야기 등을 써서 출간한다. 이런 일에는 출판사나 라이프치히 시장, 희곡 대본점貸本店도 한몫 끼어 있다.

대중들은 이런 책을 사다가 잠옷 바람으로 난롯가에 앉아 편하게 읽으며 즐긴다. 이런 싸구려 저작들 대부분이 미적 가치가 전혀 없다는 것은 잘 알려진 사실이다. 하지만 홍미라는 특징이 있다는 것도 부인할 수 없다. 그렇지 않다면 무엇 때문에 많은 사람들이 그런 책을 읽으려고 하겠는가. 그러니 홍미가 필연적으로 아름다움을 낳지 못한다는 것은 분명하다. 그렇다고 해서 미가 저절로 홍미를 자아내느냐 하면 그렇지도 않다.

작가가 등장인물을 개성 있는 성격으로 뚜렷이 묘사하여 그를 통해 보편적 인간의 내면세계를 제시하고, 인물의 비범한 행위와 고뇌를 통해 세계와 인간의 본성을 분명히 드러내면 그 작품은 예술미를 지니게 된다. 그 밖에 사건의 갈등이나 복잡한 구성, 극적 해결 방식 등으로 독자의 홍미를 끌 필요는 없다.

셰익스피어의 불후의 명작을 보아도 흥미는 매우 적고 사건들이 줄기차게 진행되지도 않는다. 《햄릿》은 중간에서 전개가 빠르지 않고, 《베니스의 상인》은 본래 궤도에서 벗어나며, 《헨리 4세》는 흥미 있는 대목이 이어지거나 장면과 장면 사이가 잘 연결되지도 않는다. 그래서 셰익스피어의 희곡은 많은 사람에게 큰 인기를 일으키지는 못한다.

아리스토텔레스가 주장한 극의 요건 가운데 특히 행위의 통일성은 흥미에 관련된 것이지 아름다움에 관련된 것이 아니다. 이데아와 미는 '충분근거율의 원리'에서 벗어난 인식에서만 있을 수 있다. 그러므로 흥미와 아름다움의 구별은 가능하다. 흥미는 인물의 갈등 행위와 연관돼 '충분근거율의 원리'에 따르고, 미는 언제나 직관적 인식의 문제이므로 그 원리에서 벗어나 있다.

내가 셰익스피어 작품에 대해 한 말은 괴테의 희곡에도 그대로 적용할 수 있다. 괴테의 《에그먼트》 희곡도 줄거리에서 갈등이라고는 전혀 찾아볼 수 없다.

그리스의 비극 시인들도 흥미로 독자를 끌려 하지 않았

다. 그들이 걸작의 소재로 세상에 이미 널리 알려진 사건을 선택한 것을 보더라도 잘 알 수 있다. 그들은 예술미를 드러내는 데에 예상치 않은 사건이나 전대미문의 사건으로 흥미를 느끼게 만드는 조미료 같은 것을 필요로 하지 않았다.

또 옛날의 걸작들을 보아도 흥미 본위의 작품은 매우 드물다. 고대 그리스의 호메로스Homeros, 기원전 800?~750는 인간의 정체성을 묘사하지만, 사건에 갈등을 일으켜 우리의 흥미를 북돋거나 뜻밖의 미궁으로 끌어들여 우리를 놀라게 하지 않는다. 이야기는 지지부진하기 일쑤이며, 장면마다 순서에 따라 빈틈없이 침착하게 묘사하려고 했을 뿐 결코 흥미 본위로 쓰지 않았다. 그러므로 호메로스를 읽으면 격정적인 공감이 일어나는 게 아니라 순수한 인식의 관점에서 생각하게 된다. 인간의 의지가 부추김 받지 않고 긴장을 느끼지 않으므로 언제나 천천히 읽어갈 수 있다.

이런 경향은 단테Durante, 1265~1321의 작품에서 더욱 뚜렷이 나타난다. 또 네 편의 뛰어난 소설《돈키호테》,《트리스트럼 샌디》,《신 엘로이즈》 그리고 괴테의《빌헬름 마이스터의 수업시대》를 보아도 독자들의 흥미를 끄는 것을 목적으로 하지 않는다.

그렇다고 걸작은 으레 흥미 없다고 단정할 수는 없다. 실러의 작품들은 매우 재미있으며 많은 애독자를 갖고 있다. 소포클레스Sophocles, 기원전 496~406의 《오이디푸스왕》과 산문적 걸작인 아리오스토Ludovico Ariosto, 1474~1533의 《광란의 오를란도》도 이에 속한다. 또 고도의 흥미와 아름다움을 함께 선사하는 예로 월터 스콧Walter Scott, 1771~1832의 역사소설 《나의 영주 이야기》를 들 수 있다. 스콧의 이 작품은 매우 재미있으며, 읽은 사람은 이제까지 내가 흥미의 효과에 대해 말한 것을 이해할 수 있을 것이다. 이 작품은 재미에 빠지게 하고, 또 전편이 매우 아름다우며 놀랄 만큼 진실하게 인생의 다채로운 모습을 보여준다. 등장인물들의 상반된 여러 가지 성격도 정확하고 충실하게 그려져 있다.

그러므로 흥미가 아름다움과 공존할 수 있다는 것도 사실이다. 이것으로 세 번째 의문점은 풀린 셈이다. 그러나 미(美)를 뚜렷이 드러내기 위해서는 어느 정도의 흥미가 더해지면 충분할 뿐 예술이 목표로 삼을 것은 아름다움이지 결코 흥미일 수 없다. 본디 미美는 두 가지 점에서 흥미와 대립된다. 첫째 미는 이데아의 인식에 의존하며, 흥미는 주로 사건(현상) 속에 깃들어 있다. 둘째 흥미는 우리의 의지로써 이루어지지만, 미는 언제나 의지를 떠나 순수한 인식에서 비롯된다.

그러나 희곡이나 소설은 얼마쯤 흥미가 더해질 필요가 있다. 흥미는 사건 자체로부터 자연히 생기게 마련이며, 독자는 흥미라는 눈에 보이지 않는 실에 이끌려야 할 필요가 있기 때문이다. 그렇지 않으면 독자는 공감 없이 인식능력만으로 장면에서 장면, 정경에서 정경으로 옮겨가는 가운데 싫증 나 지쳐버릴 수 있다.

사건의 줄거리가 있는 한 독자는 공감을 얻는 게 마땅하다. 이 공감은 독자에게 주의력을 집중시키는 길잡이가 되어 독자의 마음을 이끌고, 작가가 묘사한 모든 장면을 샅샅이 들여다보게 한다.

한 가지 조심해야 할 것은 흥미는 그 정도의 역할을 담당할 수 있으면 충분하다는 것이다. 흥미는 작가가 우리에게 이데아를 인식시키기 위해 묘사한 정경을 연결해주는 역할, 다시 말해 실로 온갖 구슬을 꿰어 염주라는 전체 형태를 이루면 그만이다.

그러므로 흥미가 정도를 넘어서면 아름다움이 침해된다. 만일 흥미를 지나치게 일으킬 목적으로 작가가 장면 하나하나에 필요 이상으로 개입해 세밀한 묘사를 하거나, 등장인물에 대한 감회를 길게 늘어뜨리면 독자는 사건을 빨리 전개해 달라고 작가에게 채찍질하고 싶어질 것이다.

서사시나 희곡에서 미와 흥미가 공존하면, 흥미는 시계를 움직이는 태엽과 같다. 태엽을 조절하지 않으면 시계는 곧 멈춰버린다. 반면에 아름다움은 사건의 경과와 관계없이 내용에 대한 섬세한 묘사나 관념과 친숙하게 하는 역할을 하므로 태엽의 동체에 견줄 수 있다.

흥미는 시의 육체이고, 미는 시의 혼이다. 서사시와 희곡에서는 사건이나 행위를 통해 생기는 흥미를 물질이라 보고, 아름다움을 형상이라고 볼 수 있다. 그러므로 미가 존재하기 위해서는 흥미가 필요하다.

좋은 글은 어떻게 탄생하는가
당신도 뛰어난 작가가 될 수 있다

초판 1쇄 인쇄 2024년 11월 25일
초판 1쇄 발행 2024년 11월 30일

지은이 쇼펜하우어
편역자 이병훈
펴낸곳 굿모닝미디어
펴낸이 이병훈

출판등록 1999년 9월 1일 등록번호 제10-1819호
주소 서울시 마포구 동교로50길 8, 201호
전화 02) 3141-8609
팩스 02) 6442-6185
전자우편 goodmanpb@naver.com

ISBN 978-89-89874-52-2 03800